COSROES.

TRAGEDIE.

DE

MONSIEVR DE ROTROV.

A PARIS,
Chez ANTHOINE DE SOMMAVILLE,
Au Pallais, en la petite Salle des Merciers,
à l'Escu de France.

M. DC. XXXXIX.
Auec Priuilege du Roy.

Extraict du Priuilege du Roy.

PAR Grace & Priuilege du Roy, en datte du 27. Septembre 1649 signées, Par le Roy en son Conseil E. N, Il est permis à ANTOINE DE SOMMAVILLE Marchand Libraire à Paris, d'Imprimer ou faire Imprimer, vendre & debiter COSROES TRAGEDIE *de Monsieur de* ROTROV, & ce pendant l'espace de cinq ans, à compter du iour qu'elle sera acheuée d'Imprimer, & deffences sont faites à tous autres de l'Imprimer, sur peine d'amande & de confiscation des exemplaires; ainsi qu'il est plus amplement porté par lesdites Lettres de Priuilege.

Acheué d'Imprimer le premier iour de Decembre mil six cens quarante-neuf.

Les Exemplaires ont esté fournis.

ACTEVRS.

COSROES Roy de Perſe.

SYRA Reyne de Perſe.

SYROES fils du Roy de Perſe.

NARSEE femme de Syroës.

MARDESANE fils de Coſroës & de Syra.

SARDARIGVE pere de Narſée.

PALMYRAS.

PHARNACE.

SATRAPES.

GARDES.

La Scene eſt au Palais du Roy de Perſe.

COSROËS TRAGEDIE.

ACTE PREMIER.

SCENE PREMIERE.

SYRA, SYROES.

SYRA.

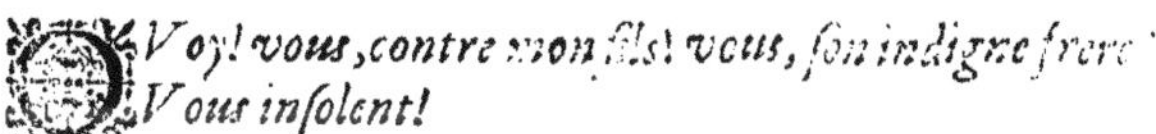

Quoy! vous, contre mon fils! vous, son indigne frere!
Vous insolent!

SYROES.

Madame, un peu moins de colere!

SYRA.

Et me comprendre, encor, dans vostre different!

SYROES.

Ie vous honore en Reine, & l'estime en parent.
Mais, s'il forge vn fantosme, afin de le combattre. . . .

SYRA.

Ie sçauray bien, perfide;

SYROES.

Ha! cruelle marastre!

SYRA.

A qui luy desplaira, faire perdre le jour,
Et contre qui le hayt, luy monstrer mon amour.

SYROES.

Madame, quand le sang, qui me le rend si proche,
Ne me lauer oit pas, d'vn semblable reproche;
Pour sçauoir à quel point, je le dois respecter,
Il suffit, de l'amour, qu'on vous luy voit porter.
Il suffit, qu'en ce fils, nous voyons vostre image,
Et que nous ne pouuons, luy rendre assez d'hommage:
De ces raisons aussi, me faisant vne loy,
I'ay pour luy le respect, qu'il deust auoir pour moy.

SYRA.

Luy, pour vous!

SYROES.

Oüy, pour moy! l'humeur, où je vous treuue,
Fait de ma patience, vne trop rude espreuue;
Et vostre Majesté, parlant sans passion,
Loüeroit ma retenuë, & ma discretion;
Mon pere est Cosroës, ma mere fut Princesse,
Et le degré de l'âge, & le droict de l'aisnesse,
Et ce que pour l'Estat, j'ay versé de mon sang
Sur luy, sans vanité, m'acquierent quelque rang;
Et mettent entre nous, assez de difference,
Pour deuoir l'obliger à quelque deference,
Mais, Madame, cessons, cet indigne entretien;

SYRA.

Comparez vous le sang d'Abdenede, & le mien!

SYROES.

Je sçay, que sa naissance, à la vostre inegale,
Ne se peut pas vanter, d'vne tige Royale;
Et qu'auant que la Perse, obeït à vos loix,
Vous estiez desia sœur, fille, & veusue de Rois.
Mais, enfin, deuant vous, vous sçauez que ma mere,
Possedoit la puissance, & le cœur de mon pere;
Et cet honneur, sans doute, est le plus glorieux,

Qui sur vous, auiourd'huy, fasse jetter les yeux ;

SYRA.

Quand il m'a partagé, l'éclat qui l'enuironne,
I'ay dans son alliance, apporté ma Couronne ;
I'en acheptay, chez luy, le degré que i'y tiens,
Et i'ay, comme mes jours, joint mes Estats aux siens,
Ie luy deus sembler belle, auec vn Diadesme.
Abdenede, auec luy, n'apporta qu'elle-mesme ;
Et le tresor, encor, n'estoit pas de grand prix ;

SYROES.

Il faut bien du respect, à souffrir vos mespris !

SYRA.

Vous vous plaindrez, encor, apres vostre insolence !

SYROES.

Vous ne sçauriez parler, qu'auecques violence !
Cette fureur, sied mal, au rang que vous tenez.

SYRA.

Il sied bien, de ranger, des esprits mutinez ;
I'ay raison de vanger, mon sang, de vos outrages ;
Et gardez, de me faire, esclaircir vos ombrages.

SYROES.

Ie sçay, qu'il ne tient pas, à chocquer mon credit
Que l'espoir de l'Estat, ne me soit interdit.
Et que si contre moy, mon pere vous escoute,
Ma ruine, bien-tost, esclaircira mon doute ;
Par le bien, qu'il vous veut, sur qui vous vous fiez,
Vostre fils, sur le trosne, a desia l'vn des pieds ;
Et bien-tost, par vostre ayde, il y porteroit l'autre,
Si son ambition respondoit à la vostre ;
Mais dans ce grand proiect, à quoy vous l'occupez,
Il preuoit le peril des trosnes vsurpez ;
A leurs superbes pieds, il voit des precipices,
Et sçait, que des Tyrans, on fait des sacrifices ;
Il sçait, qu'il est au Ciel, vn Maistre souuerain,
Qui leur oste, aysement, le sceptre de la main ;
Et dont le foudre est fait, pour ce genre de crimes,
Pour tomber, en faueur, des Princes legitimes ;
Le crime luy plairoit, mais la punition
Luy fait fermer l'oreille, à vostre ambition.

SYRA.

C'est bien vous declarer, & nous iurer la guerre,
Que de nous menacer, du Ciel & de la terre ;
Nous verrons, quel effet, nous en succedera ;
Mais, ie periray, traistre, ou mon fils regñera,

S'en allan[t] elle rencon[tre] Mardes[a]ne, & s'arr[e]ste

SYROES. *Touchant son espée, dit hautement.*

Il faut donc, que ce fer, me deuienne inutile,
Ce cœur, sans sentiment, & ce bras immobile ;

SCENE DEVXIESME.

MARDESANE, SIROES, SIRA.

MARDESANE, *Auec le baston de General d'armée.*

QVel trouble, Syroës, émeut vostre courroux !
Quoy ? la main sur l'espée ! & la Reine auec vous !
Dieux !

SIROES.

I'y portois la main, mais sans aucune enuie,
Que . . .

SIRA. *S'en allant furieuse.*

Que de, simplement, attenter sur ma vie ;

SIROES.

Soleil, pour qui nos cœurs, n'ont point d'obscurité,
Iuge, & tesmoin commun, tu sçais la verité ;
Et tu la soustiens trop, pour laisser impunie,
Vne si detestable, & noire calomnie ;

MARDESANE.

Eſtois-ie le ſuiet, de voſtre differend?

SIROES.

Elle m'entretenoit, des ſoins qu'elle vous rend;
Qui deſſus voſtre front, vont mettre la Couronne;

MARDESANE.

Vous peut-on deſpoüiller, du droit qui vous la donne?

SIROES.

Ie luy monſtrois ce fer, comme mon deffenſeur,
Si, viuant, j'en voyois, vn autre poſſeſſeur;

MARDESANE.

N'eſtions-nous pas d'accord, touchant cette querelle:

SIROES.

Je l'eſtois auec vous, mais non pas auec elle;
Et ſon ambition, ſi ſon credit n'eſt vain,
Vous mettra malgré vous le ſceptre dans la main:
Mais, ne ſouhaitez pas, qu'elle vous reüſſiſſe;
Elle ne vous peut rendre vn plus mauuais office;
Et ie fais plus pour vous, de vous en deſtourner,
Qu'elle de vous l'offrir, & de vous couronner.

MARDESANE.

Vous inquietez vous, du Zele d'vne mere,
Qui de ce vain espoir, ayme à se satisfaire.
L'ayssez là, se flatter, de ces illusions
Se plaire, à se forger, de belles visions:
A nourrir vn beau songe, & s'en laissant seduire,
Mocquez-vous d'vn dessein, qui ne peut rien produire;
Et vous en reposant, sur ce que ie vous doy,
En elle respectez, la passion du Roy:
Espargnez sa furie, & l'ennuy qui l'accable,
Qui de tout autre soing, le rendent incapable;
Et font qu'en son chagrin, tout l'irrite, et luy nuit.

SIROES.

I'ay pour luy des respects, dont i'obtiens peu de fruit,
Mais que i'acquiere, enfin, son amour, ou sa hayne,
Il faut laisser agir le credit de la Reyne,
Et prendre aduis du temps, & des éuenements;

MARDESANE.

Vous gardés vos soupçons, & moy, mes sentiments:
Et i'estime trop peu, l'éclat d'vne Couronne,
Pour me gesner l'esprit, du soing qu'elle vous donne,
Ce n'est qu'vn joug pompeux, le repos m'est plus doux:

Siroes

SYROES.

Vous n'avez rien à faire, on travaille pour vous ;
Vous pouvez reg[illegible], si l'E[illegible] à d[illegible] cl[illegible]s.
Par ceux, que vous trouvez, à commander nos
Armes,
Ce baston, que le Roy, vous a mis à la main,
D[illegible] sur les soldats, vous a fait souverain,
Mais [illegible] de temps, vous aura fait conaistre,
[illegible] son authorité le plaisir [illegible] estre maistre,
Et de voir sous ses voix, tout un Estat rangé,
Il vous plaira bien mieux, en un Sceptre changé,
Et l'essay, que par luy, vous ferez de l'Empire,
Vous conduira sans peine, où vostre mere aspire ;
Vostre consentement, ne luy desniera rien ;

MARDESANE.

C'est vostre sentiment, & ce n'est pas le mien ;
Non, que je ne me sente, & d'ame, & de naissance,
Capables d'exercer, cette illustre puissance ;
Mais quelque doux esclat, qu'ayt un Bandeau
Royal,
Il ne me plairoit pas, sur un front desloyal ;
L'Europe, si feconde, en puissances supresmes,

Offre au sang, qui m'anime, assez de Diadesmes,
Pour perir noblement, ou pour n'en manquer pas,
Quand ils auront, pour moy, d'assez charmants appas;
Mais, faites tousiours fonds, de vos intelligences,
Pratiquez vos amis, preparez vos vengeances;
Ouurez-vous, faites-vous vn party si puissant,
Qu'il fasse euanoüir, ce fantosme naissant,
Ce pouuoir vsurpé, ce regne imaginaire,
Que vous n'excusez pas, de l'amour d'vne mere;

SIROES.

Puisque vous le voulez, il l'en faut excuser,
Et dessus vostre foy, j'ose m'en reposer;
Mais, (& de cet auis, conseruez la memoire)
Si m'ayant, sur ce gage, obligé de vous croire,
De son ambition, goustant mieux les appas,
Vous vous laissez gaigner, ne me pardonnez pas;
Et pour bien establir l'heur qu'elle vous destine,
Auant vostre fortune, asseurez ma rüine;
Ostez-vous tout obstacle, & de mon monument,
A mon trosne vsurpé, faites vn fondement;
Lauez-le de mon sang, auant que d'y paraistre,
Sinon, n'esperez pas, estre longtemps mon maistre;

MARDESANE voyant Palmyras.

Il est bien mal aisé, de vous dissuader!
Palmyras, qui me voit, n'oze vous aborder
Et comme vous, encor, m'impute sa disgrace;

Il dit à Palmyras.

Entrez, ie me retire, & vous cede la place;
Ie vous suis importun.

SCENE TROISIESME.

PALMIRAS, SATRAPE, SIROES.

PALMIRAS.

C'est mal me la ceder,
Que briguer mes employs, & m'en deposseder;
Mais, puisque Syra regne, ay-je lieu de me plaindre!
Que puis-je esperer d'elle, ou que n'en dois-je craindre?
Le courroux d'une femme, est longtemps à dormir,
Et mon foible credit, croist en vain s'affermir,
Et vaincre les efforts, qui le pouuoient abbatre,
Ayant pour subsister, vne femme à combattre;
Son hymen, dont i'ozay, contester le dessein,

Il l'auoit couué longtemps, ce proiet en son sein;
Et quand elle peut tout, quand elle est souueraine,
Enfin, l'occasion, fait esclatter sa haine;
Ce trait est vn aduis, Prince, qui parle à vous.
Craignez pour mon exemple, & detournez ses coups;
Proffitez de ma cheutte, elle vous doibt instruire,
Et sage, détruisez, ce qui vous peut destruire;
Sinon, iusques sur vous, ce foudre éclattera;

SYROES resvant, & se promenant.

Mais, ie periray, traistre, où mon fils regnera;
Qu'ay-ie à deliberer, apres cette menace!
Quoy, Mardesane, au trosne, occupera ma place!
Et l'orgueil, de sa mere, abusant à mes yeux
De l'esprit alteré, d'vn pere furieux,
Par l'insolent pouuoir, que son credit luy donne,
Sur quel front luy plaira, fera choir ma Couronne?
Quel crime, ou quel deffaut, me peut-on reprocher,
Pour disposer du Sceptre, & pour me l'arracher?
Ma mere, ma naissance, en estes vous coupables,
D'vn sort, si glorieux, sommes nous incapables?
Veut-on apres vingt ans, iusques dans le tombeau,
Soüiller vne vertu, dont l'éclat fut si beau;
Non, non, le temps ma mere, auecques trop de gloire,
Laisse encor dans les cœurs, viure vostre memoire.

C'est vn exemple illustre, aux siecles à venir,
Que la hayne respecte, & ne sçauroit ternir;
Mon crime, est seulement, l'orgueil d'vne marastre,
Dont vn fils est l'idole, vn pere l'idolastre;
Et l'hymen, qui l'a mise, au lit de Cosroës,
D'vn droit hereditaire, exclud seul Syroës.
Celestes protecteurs, des puissances supresmes,
Vous, Dieux, qui presidés au sort des Diadesmes;
Souuerains Partisans, des interests des Roys,
Soustenés, auiourd'huy, l'authorité des loix,
Et d'vn tyran naissant, destruisant l'insolence,
Affermissés l'appuy, d'vn trosne qui balance;

PALMYRAS.

Mais, soustenez-le, Prince, & prestez-y le bras;
Le Ciel est inutile, à qui ne s'ayde pas;
Quand vous pouuez agir, epargnez le tonnerre;
Auant l'ayde du Ciel, seruez vous de la terre;
Vsez de vos amis, de vous mesme, & du temps;
Et donnés, seulement, vn chef, aux mécontents.
Sans peine, vous verrez vostre ligue formée,
De ce nombre, desia, comptez toute l'armée;
Aussi la paix, deux fois, refusée aux Romains,
Fait d'vn iuste despit, choir les armes des mains;
Et qui ne preferant, au chef que l'on enuoye,

Sous main, embrassera, mes ordres, auec ioye ;
Des Satrapes, encor, tout le corps irrité,
S'offre à prester l'espaule, à vostre authorité ;
Et tous, vnis pour nous, de mesme intelligence,
Gardent encor, à part, leurs subiets de vengeance,
En la mort d'Hormisdas, les vns interessez,
De ce grand attentat, sont encore blessez,
Et verroient auec ioye, & d'vne ardeur auide
Punir par vn second, le premier parricide ;
D'autres depossedez de leurs gouuernements,
Attendent pour s'ouurir, les moindres mouuements ;
Et d'autres offensez, en leurs propres familles,
En l'honneur d'vne femme, en celuy de leurs filles,
Trop foibles pour agir, iusqu'à l'occasion,
Dissimulent leur hayne, & leur confusion ;
Comme vn Soleil naissant, le peuple vous regarde,
Et ne pouuant souffrir, celuy qui vous retarde ;
Deteste, de le voir, si prez de son couchant,
Traisner si loing, son âge imbecille, & penchant.
Son esprit agité du meurtre de son pere,
Dedans sa resuerie, à tout propos s'altere ;
Et ne possedant plus, vn moment de raison,
Ne luy laisse de Roy, que le sang, & le nom ;
Le credit d'vne femme, en à tout l'exercice,
Toute la Perse agit, & meut par son caprice ;

Et bien-tost, par son fils, qu'elle va couronner,
En receura les loix, que vous deuriés donner.
Iuge, en vostre interest, rendez vous la Iustice,
RauissеZ vostre bien, qu'on ne vous le rauisse,
Qui peut insolemment pretendre à vostre rang,
Par le mesme attentat, en veut à vostre sang ;
La Reyne, qui vous craint, à trop de Polytique,
Pour laisser vn appas, à la hayne publique ;
Et vous chassant du trosne, oser vous épargner ;
Il faut absolument, ou perir, ou regner ;
Auoüés, seulement, les bras qu'on vous veut tendre.
Quand on peut preuenir, c'est foiblesse d'attendre ;
Tout le credit du Roy, de son trosne sorty,
Ne s'estendra iamais, à former vn party ;
Contre tous ses desseins, la Perse souleuée,
Estalera sa hayne, & publique, & priuée,
Vengera ses Palais, & ses forts embraZés,
Ses Satrapes proscripts, ses tresors espuiZés,
Et le sang, que sans fruit, les legions Romaines,
En tant d'occasions, ont puisé de ses veines.

SYROES resvant.

Laisser rauir vn trosne, est vne lascheté.
Mais, en chasser vn pere, est vne impieté ;

PALMIRAS.

Que, (pour vous l'enseigner) luy mesme il a commise;

SYROES.

Par son exemple, helas! m'est-elle plus permise!
Et me produira-t'elle, un moindre repentir;

PALMYRAS.

Vous ne l'en chassez pas, puisqu'il en veut sortir,
Ou, que vostre marastre, à mieux parler, l'en chasse,
Pour y faire à son fils, occuper vostre place;

SIROES.

Il m'a donné le iour!

PALMYRAS.

Il donne vostre bien!

SYROES.

Mais, c'est mon pere, enfin!

PALMIRAS.

Hormisdas fut le sien;

Et

Et si vous agissez, d'vn esprit si timide,
Gardez d'estre l'objet, d'vn second parricide;
Qui n'a point espargné, le sang dont il est né,
Peut bien n'espargner pas, celuy qu'il a donné.

SIROES.

O dure destinée, & fatale auanture,
J'ay pour moy la raison, le droict, & la nature;
Et par vn triste sort, à nul autre pareil,
Ie les ay contre moy, si ie suy leur conseil,
Du sceptre de mon Pere, heritier legitime,
Ie n'y puis aspirer, sans vn enorme crime.
Coupable, ie le soüille, innocent ie le perds,
Si mon droict me couronne, il met mon pere aux fers;
Et de ma vie, enfin, ie hazarde la course,
Si mon impieté, n'en espuise la source;
O mon pere, ô mon sang, ne vous puis-je espargner!
Ne puis-ie innocemment, ny viure, ny regner!
Et ne puis-ie occuper vn trosne hereditaire,
Qu'au prix de la prison, ou du sang de mon Pere.

PALMIRAS.

Je voy, qu'il faut, Seigneur, encor quelques moments,
A vostre pieté, laisser ses sentiments,
Mais, que vous veut Pharnace, il vous sert auec Zele.

SCENE QVATRIESME.

PHARNACE, SIROES, PALMIRAS.

PHARNACE estonné.

O *Dieux! du Camp, Seigneur, sçauez-vous la nouuelle?*

SIROES.

Quelle!

PHARNACE regardant autour de soy.

Qu'on vous trahit, & que le Roy pretend;
Mais ....

SYROES.

Parlés, sans rien craindre, aucun ne nous entend.

PHARNACE.

Au mespris de vos droits, & de la loy Persane,
A la teste du Camp, couronner Mardesane.

PALMYRAS.

Voyez si i'ay raison, Grand Prince, & si mon soin,
A d'vn trop prompt aduis, préuenu le besoin ;
Mais, quel effect, au Camp, produit cette aduanture ;

PHARNACE.

On a peine à le croire, & chacun en murmure ;
On tient, ce bruit semé, pour esprouuer les cœurs,
En voir les sentiments, en sonder les ardeurs ;
Mais il n'a dans pas vn, trouué que de la glace ;
C'est vn bruit, toutesfois, Seigneur, qui vous menace ;
Et ne doit point laisser languir vostre courroux ;
Ainsi que l'equité, tous les cœurs sont pour vous ;
Quoy que l'on dissimule, on ne peut voir sans peine,
Le Roy deferer tant, à l'orgueil de la Reine,
Passer pour son sujet ; & laisser laschement,
Reposer sur ses soins, tout le Gouuernement.
S'estonne-t'il (dit-on) si rien ne nous succede ?
Tousiours, ou sa furie, ou Syra le possede ;
Quel progrez feroit-il, furieux, ou charmé ?
Par l'vne hors du sens, par l'autre desarmé.
Ce murmure assez haut, court par toute l'armée,
De son Chef, qu'elle perd, encor toute allarmée ;
Et pour peu, qu'on la porte à vous donner les mains, Monstrãt Palmyras.

Et que l'on veüille entendre , au traité des Romains ;
Pour son Fils, contre vous, la Reyne, en vain conspire,
Et ma teste , Seigneur , vous respond de l'Empire,
Où pour vous maintenir, tout l'Estat perira.

SYROES resvant , & se promenant.

Mais,ie periray , traistre , ou mon Fils regnera:
Oüy, oüy, qu'elle perisse, & nous regnons , Pharnace,
Ie ne consulte plus , apres cette menace;
Si le trosne, nous peut sauuer de son courroux,
Fidelles confidents, ie m'abandonne à vous;
Ouurez-m'en le chemin, montons sur cét azile,
Rendez-moy son orgueil , & sa haine inutile;
Il faut pour conseruer , la majesté des lois,
Oublier la nature, et maintenir nos droicts,
A moy-mesme, par eux , la Perse me demande,
En exclud Mardesane, & veut que ie commande ;
Oüy, Princes, oüy mes droits, oüy Perse, oüy mon pays,
Vous voulez que ie regne, & ie vous obeys ;
Ie veux tenir de vous, le sceptre que i'espere,
Et contre vos aduis , ne cognois plus de Pere ;
Mais ie l'en veux tenir , afin de vous vanger,
De me vanger moy-mesme, & vous le partager,
A vous, dignes auteurs, de cette noble audace,
Qui m'appelle à mon trosne, & m'y monstre ma placa

PALMYRAS.

Ie cherchois Syroës, parmy tant de froideur,
Mais, ie le recognois, à cette noble ardeur;
C'est souz ce masle front, Seigneur, qu'il faut paraistre,
La Perse, à ce grand cœur, recognoistra son Maistre;
Le besoin presse, allons; ne perdons plus de temps,
Pratiquons-nous les Grands, gaignons les habitans,
Employons nos amis, & la brigue formée,
Obseruons Mardesane, ouurons-nous à l'armée,
Et promettant d'entendre, au traité des Romains,
Interressons Emile, à nous prester les mains.

ACTE II.

SCENE PREMIERE.

COSROES, SYRA, SARDARIGVE, GARDES.

COSROES, furieux, suiuy des autres.

Noires diuinitez, filles impitoyables,
Des vengeances du Ciel, ministres effroyables,
Cruelles, redoublez, ou cessez vostre effort,
Pour me laisser la vie, ou me donner la mort.
Ce corps, n'a plus d'endroit, exempt de vos blessures,
Vos couleuures n'ont plus, où marquer leurs morsures;
Et de tant de chemins, que vous m'auez ouuers,
Ie n'en trouue pas vn, qui me meine aux Enfers;
Ce n'est qu'en m'espargnant, que la mort m'est cruelle,
Ie ne puis arriuer, où mon Pere m'appelle,
Acheuez de me perdre, & dedans son tombeau,
Enfermez auec luy, son fils, & son bourreau.

SYRA.

Chassez de vostre esprit, les soins melancoliques,
Qui monstrent à vos yeux, ces objets chymeriques;
C'est vne illusion, dont ils sont effroyez,
Et vous ne voyez rien, de ce que vous voyez;

COSROES.

Quoy, n'entendez-vous pas, du fonds de cet abysme,
Vne effroyable voix, me reprocher mon crime,
Et me peignant l'horreur, de cét acte inhumain;
Contre mon propre flanc, solliciter ma main?
N'apperceuez-vous pas, dans cet espais nuage,
De mon Pere expirant, la tenebreuse image,
M'ordonner de sortir, de son trosne vsurpé,
Et me monstrer l'endroit, par où ie l'ay frappé;
Voyez-vous pas sortir, de cet horrible gouffre,
Qui n'exhale, que feu, que bithume, & que soulfre;
Vn spectre descharné, qui me tendant le bras,
M'inuite d'y descendre, & d'y suiure ses pas?
O dangereux poison, peste des grandes ames,
Maudite ambition, dont ie creus trop les flames,
Et qui pour t'assouuir, ne peut rien espargner,
Que tu m'as cher vendu, le plaisir de regner!
Pour atteindre à tes vœux, & pour te satisfaire,

Cruelle, il t'a fallu, sacrifier mon Pere.
Ie t'ay d'vn mesme coup, immolé mon repos,
Qu'vn remords eternel, trauerse à tout propos ;
Il te faut de moy-mesme, encor le sacrifice,
Et desia, dans le Ciel, j'oy gronder mon supplice;
Et son funebre apprest, noircir tout l'horison.

Il se promene, & fait des signes de reuenir en luy-mesme.

SARDARIGVE.

Cet accez, à longtemps, possedé sa raison.

SYRA.

Il cesse, & son bon sens, recouure son vsage ;
De cette occasion, il faut prendre aduantage, bas.
Et pressant son dessein, sçauoir le temps precis,
Qui doit combler mes vœux, en couronnant mon fils.
Nourrirés vous tousiours, ce remords qui vous reste; on luy donne vn siege
Si vous ne l'étouffez, il vous sera funeste ;
De ce malheur, Seigneur, perdez le souuenir,
L'auoir gardé vingt ans, est trop vous en punir.

COSROES.

Tout l'Estat, où j'occupe vn rang illegitime,

M'en-

M'entretient cette idée, & me monstre mon crime;
L'auersion du peuple, & celle des soldats,
M'est vn tesmoing public, de la mort d'Hormisdas;
Et plus que tout, helas! la fureur qui m'agite,
Quand elle me possede, à le suiure m'inuite!
I'ay regret, que ce mal, vous couste tant de soings,
Et honte en mesme temps, qu'il vous ayt pour tesmoings,
Mais plus de honte, encor, de son enorme cause,
Qui fol, & parricide, à tout l'Estat m'expose;

SYRA.

Tant que vous retiendrez les resnes de l'Estat
Vous y verrés l'object, qui feist vostre attentat;
Et vous ne pouués voir, ny Sceptre, ny Couronne,
Sans vous ressouuenir, qu'vn crime vous les donne;
Vostre repos, encor, souffre visiblement,
Du soing que vous prenez, pour le gouuernement;
Vos ennuis, de ce soing, vous rendent moins capable,
Deposez ce fardeau, deuant qu'il vous accable;
C'est vn faix qu'il me faut deposer auec vous,
Mais ie renonce à tout, pour sauuer vn espoux;
Déchargez vostre esprit, de ce qui le trauerse,
Cosroës m'est plus cher, qu'vn Monarque de Perse;
Sans luy, ie ne puis viure, & viuant auec luy,
Ie puis estre encor Reyne, & regner en autruy;

La puissance, qui passe, en vn autre nous-mesme,
Laisse encor en nos mains, l'autorité supresme;
Et nous ne perdons rien, lorsque le mesme rang,
Quoy que souz d'autres noms, demeure à nostre sang.

COSROES.

I'ay trop d'experience, & j'ay trop veu de marques,
O genereux Surgeon, & tige de Monarques,
De l'estroite vnion, que produisent nos feux.
Pour croire, auec l'Estat, deuoir perdre vos vœux;
Ie sçay, que vostre amour, s'attache à ma personne,
Qu'elle me considere, & non pas ma couronne;
Aussi depuis longtemps, le faix, ne m'en est doux,
Que par l'honneur, qu'il à d'estre porté de vous;
Ie n'en aime l'esclat, que dessus vostre teste,
Ie sçay, combien i'en fis, vn indigne conqueste;
Ie ne puis me parer, d'vn ornement si cher,
Que ie ne pense au front, d'où i'osay l'arracher;
Et sçay, que sur le mien, tout ce qu'il à de lustre,
D'vn énorme forfait, n'est qu'vne marque illustre.
Si vous le voulez donc, au front de vostre fils,
Ie m'en priue auec joye, & ie vous l'ay promis;
Ie ne le puis garder par droict hereditaire,
Apres m'estre soüillé, du meurtre de mon pere;
Mardesane en sera plus iuste successeur,

Du bien de son ayeul, faisons-le possesseur ;
Si l'acquisition, en fut illegitime ;
I'en ay joüy sans droict, la garde en est vn crime ;
Ie le retiens à tort, comme à tort ie le pris,
I'en despoüillay mon pere, & j'en frustre mes fils ;
Ne consultons donc plus, Madame, allons élire,
A la teste du Camp, vne teste à l'Empire ;
Tranquille, & décharge d'vn faix qui m'a lassé,
Je verray sans regret, en cét âge glacé,
Mon sceptre soustenu, d'vne main plus capable,
Et mon sang innocent, succeder au coupable ;

SARDARIGVE.

Mais peut-il l'accepter, Seigneur, sans attentat
Contre le droict d'aisnesse, & la loy de l'Estat ?
De mon zele, Madame, excusés la licence,
Syroës, à pour luy, le droict de la naissance ;
Voulez-vous voir armer la Perse contre soy,
Et luy donner la guerre en luy donnant vn Roy ?
Songez à quels malheurs vous l'exposés en butte,
Vn rang si releué, vaut bien qu'on le dispute ;

SYRA.

Object de nos encens, Soleil ! tu m'és tesmoing,

Si l'intereſt d'vn fils, me produit aucun ſoing!
Et ſi l'ambition qu'excite vn Diadeſme,
Pour en parer autruy, ſortiroit de moy-meſme!
Voſtre ſeul intereſt, Seigneur, m'en peut priuer,
Ie le perds ſans regret, quand il vous faut ſauuer?
Mais dépoſant ce faix, ou voſtre âge ſuccombe,
Voyez, ſur qui des deux, il importe qu'il tombe;
L'intereſt de l'aiſné, (vous viuant) eſt couuert,
Et ſon aiſneſſe, encor, n'a point de droict ouuert;
Vn Roy qui fuit le ſoing, & dont l'âge s'abaiſſe,
Peut deſſus qui luy plaiſt repoſer ſa vieilleſſe;
Et pour faire en autruy, conſiderer ſes lois
Donner à ſes agents, la qualité de Roys.
Syroës, appuyé, du droict qu'il peut pretendre,
Si-toſt qu'il regnera, ne voudra plus dépendre;
Et vous croyant l'Empire, auecques luy commun,
Vous ſerez à ſon regne, vn obſtacle importun;
Vous le verrez bien-toſt, s'il ſe ſent l'aduantage,
Eſloigner les objets, qui luy feront ombrage;
Et ie puis craindre pis, apres que ce matin,
Il euſt, ſans Mardeſane, eſté mon aſſaſſin;
Et que pour cét effet, il a tiré l'eſpée.

COSROES.

O Dieux! que dites-vous!

SYRA.

Il ne m'a point trompée;
Comme il croit mon credit, fatal à son espoir,
Il n'a iamais cessé, de choquer mon pouuoir;
Et pour toute raison, i'ay l'honneur de vous plaire,
Et la haine du fils, naist de l'amour du Pere.
Que puis-je attendre, donc, de son authorité?

COSROES.

Ie pouruerray, Madame, à vostre seureté.

SIRA.

Esleuant Mardesane, à ce degré supresme,
Vous regnerés (Seigneur) en vn autre vous-mesme;
Souz le gouuernement, qu'il se verra commis,
Et l'Estat, & le Roy, tout vous sera sousmis;
Et pour vostre repos, dont l'interest nous touche,
Vos ordres, seulement, passeront par sa bouche;
Par luy vous regnerez, par vous il regnera,
Et ce seront vos loix qu'il nous dispensera.
Le soing le regardant, la gloire sera nostre;
Ie cognois sa vertu, c'est mon sang, c'est le vostre,
Dont vos chastes ardeurs, ont honoré ce flanc,

Et que i'ose pleiger, du reste de mon sang.

COSROES.

Par les pleurs, que ie dois, aux cendres de mon pere,
Par le char éclattant, du Dieu que ie reuere,
Par l'âge qui me reste, et qu'il esclairera,
Mardesane, Madame, aujourd'huy regnera;
Ie vous l'auois promis, & mon repos me presse,
Autant que mon amour, d'acquiter ma promesse;
Par forme, Sardarigue, assemblez le Conseil,
Mais, du couronnement, disposez l'appareil.

SARDARIGVE.

Ou la Reine, Seigneur, semble estre interressée,
Ie n'ose plus auant, vous ouurir ma pensée;
Mais......

SYRA.

On n'a pas dessein, d'en croire vos aduis.

SARDARIGVE.

Ils n'ont point fait de tort, quand on les a suiuis.
Et ce projet, Madame, est d'assez d'importance,
Pour ne le pas presser, aueceques tant d'instance.
Si i'en preuoy l'issuë, elle doit aller loing.

COSROES.

Ie prendray vos conseils, quand i'en auray besoing.
Cependant, pour ne rien tenter à nostre honte,
Arrestez Syroës, & m'en rendez bon conte.

SARDARIGVE.

Si vous voulez (grand Roy) voir le peuple en courroux,
Le camp, & tout l'Estat, souleuez contre vous;
Imposez-moy cet ordre, et faites qu'on l'arreste.

COSROES.

A ne pas obeyr, il va de vostre teste,

SARDARIGVE, bas, sortant auec ses Gardes.

O Dieux, dont les decrets passent nos Iugemens,
Rendez vaine, l'horreur, de mes pressentimens!

SYRA.

Si les Grands écoutoient, tout ce qu'on leur propose,
Ils ne resoudroient rien, & craindrois toute chose,
Le peuple parle assés, mais execute peu,
Et s'alentit bien-tost, apres son premier feu.
Vn exemple en tout cas, à l'vn des Chefs funeste,
En ces soulevements, desarme tout le reste;

SCENE DEVXIESME.

MARDESANE, COSROES, SIRA, HORMISDATE, GARDES.

COSROES à Mardes.

Venez, l'Estat lassé, de ployer souz ma loy,
Et mon propre repos, nous demandent vn Roy;
Prince, allons-le donner, & consultez vos forces;

MARDESANE bas.

Funeste ambition, cache-moy tes amorces!
Mes iours, prests d'arriuer, à leur derniere nuit,
Et l'incommodité, qui les presse, & les suit,
Et qui bien-tost m'appelle, au tribunal celeste;
Souffrent qu'à mon Empire, apres ma mort ie reste;
Les trauaux, & les soings, qui m'ont tant fait vieillir,
Ne peuuent toutefois, entier m'ensevelir;
Malgré l'effort du temps, & de mes destinées,
I'ay par qui prolonger ma gloire, & mes années,

Par

Par qui las de regner, voir le regne suiuant,
Me le perpetuer, & renaistre viuant,
Par qui laissant l'Estat, en demeurer le Maistre,
Et c'est vous, Mardesane, en qui ie veux renaistre ;
Soustenez bien le bras, qui vous couronnera,
C'est vn prix que ie dois, à l'amour de Syra ;
Remplissez dignement, le trosne, & nostre attente,
Et representez bien, celuy qui vous presente.

MARDESANE.

Ie suis à vous, Grand Prince, & ie serois ialous,
Qu'vn autre eust plus de Zele, & plus d'ardeur pour vous ;
Ie sçay, ce que ie dois à vostre amour extrême,
I'en ay le tesmoignage, & le gage en moy-mesme ;
Et quand dés le berceau, vous m'auriés couronné,
En me donnant le iour, vous m'auez plus donné ;
A quoy donc, puis-ie mieux, en employer l'vsage,
Et destiner mes soins, qu'au soustien de vostre âge ?
Occupez-les, Seigneur, i'en seray glorieux,
Le faix de vos trauaux, me sera precieux,
Mais, m'en donnant l'employ, demeurez-en l'arbitre,
Commettez le pouuoir, mais retenez le titre ;
Ou si vous despoüillez, le titre, & le pouuoir,
Voyez, qui iustement, vous en deuez pouruoir.
Par la loy de l'Estat, le sceptre hereditaire,

Doit tomber de vos mains, en celles de mon frere ;
Comblez-le des bontez, que vous auez pour moy.

COSROES.

La loy, qu'impose vn pere, est la premiere loy.

SYRA.

Vains sentiments de mere, importune tendresse !
On reçoit vos faueurs, auec tant de foiblesse !
I'ay mis au monde vn fruict, indigne de mon rang !
Et ne puis en mon fils, recognoistre mon sang !
Nourry, si dignement, & né pour la Prouince,
Il n'a pû contracter, les sentiments d'vn Prince ;
Et l'offre qu'on luy fait, d'vn pouuoir absolu,
Peut trouuer en son sein, vn cœur irresolu.

MARDESANE.

D'vn sang assez ardent, n'animez point les flames,
I'ay tous les sentimens, dignes des grandes ames,
Et mon ambition, me sollicite assez,
Du rang que ie rejette, & dont vous me pressez.
Vn trosne attire trop, on y monte sans peine,
L'importance, est de voir, quel chemin nous y meine,
De ne s'y presser pas, pour bien-tost en sortir,
Et pour n'y rencontrer, qu'vn fameux repentir.

Si i'en ozois, Seigneur, proposer vostre exemple,
De cette verité, sa preuue est assez ample;
Ce baston, sans vn Sceptre, honore assez mon bras,
Grand Roy, par le Demon, qui preside aux Estats;
Par ses soings prouidens, qui font fleurir le vostre,
Par le sang de Cyrus, noble source du nostre;
Par l'ombre d'Hormisdas, par ce bras indompté,
D'Heraclius, encor, aujourd'huy redouté;
Et par ce que vaut mesme, & ce qu'à de merite,
La Reyne, dont l'amour, pour moy vous sollicite,
De son affection, ne seruez point les feux,
Et sourd en ma faueur, vne fois à ses vœux,
Souffrez-moy de l'Empire, vn mespris salutaire,
Et sauuez ma vertu, de l'amour d'vne mere;
Songez, de quels perils, vous me faites l'object,
Si vostre complaisance, approuue son project;
Les Grecs, & les Romains, aux pieds de nos murailles,
Consomment de l'Estat, les dernieres entrailles;
Et poussant jusqu'au bout leur sort tousiours vainqueur,
En ce dernier azile, en attaquent le cœur;
Des Satrapes, mon frere, à les intelligences,
Et cette occasion, qui s'offre à leurs vengeances,
Donne vn pieux pretexte à leurs souleuemens,
Et va faire esclatter tous leurs ressentimens;
Vn Palmyras, enflé de tant de renommée,

Desmis de ses employs, & chassé de l'armée;
Vn Pharnace, vn Sain, dont les Peres proscripts,
D'vne secrette haine animoit les esprits;
Peuuent-ils negliger, l'occasion si belle,
Quand elle se presente, ou plustost les appelle?
Si l'ennemy, le droict, les Grands, sont contre moy,
Au party malheureux, qui gardera la foy?
Par qui, l'autorité, que vous aurez quittée,
Sera-t'elle, en ce trouble, ou crainte, ou respectée;
Si pour donner des loix, il les faut violer?
En m'honorant, Seigneur, craignez de m'immoler;
Qui veut faire vsurper, vn droict illegitime,
Souuent, au lieu d'vn Roy, couronne vne victime;
Et l'Estat est le Temple, & le trosne l'Autel,
Où cette malheureuse, attend le coup mortel.

COSROES.

Vous craignez de regner, faute d'experience;
Il y faut de l'ardeur, & de la confiance;
Vn sceptre, à le porter, perd beaucoup de son poids;
Vostre regne estably, iustifiera vos droicts;
Des factieux, mon ordre, à préuenu les ligues,
L'arrest de Syroës, rompra toutes ses brigues;
Si quelqe bruit s'esmeut, mon soing y pouruerra;

Contre tous vos mutins, mon droict vous appuyra;
Ie puis, sur qui me plaist, reposer ma couronne;
Et pour toute raison, portez-là, ie l'ordonne;

MARDESANE.

C'est vn de vos presents, ie ne puis le hayr;
Vous voulez que ie regne, il vous faut obeyr.
Mais ie monte à regret, asseuré de ma cheutte,
Et plaise au Ciel! qu'au sort, mes iours soient seuls en butte!

Parlant à Syra.

Hâ, Madame! quel fruict, me produit vostre amour;

SCENE TROISIESME.

SIROES, COSROES, MARDESANE, SIRA, HORMISDATE, GARDES.

SIROES.

Quel bruit s'esmeut, Seigneur, & s'espand à la Cour!
Quelle aueugle fureur, quelle inuincible hayne,
Me fait tousiours l'objet des plaintes de la Reyne?
I'esprouue, & i'apprends trop, combien vous l'estimez;

Pour manquer de respect, à ce que vous aymez;
Si sa memoire, en veut, estre vn tesmoin fidelle,
Elle sçait à quel poinct, ie vous honore en elle;
Et i'aurois mille fois, deû vaincre ses rigueurs,
Si les sousmissions, s'acqueroient tous les cœurs.
S'il n'estoit messeant, de vanter mes seruices,
Ie luy pourrois citer, entre autres bons offices,
Le sang que me cousta, le salut de son fils,
N'aguiere, enueloppé, dans les rangs ennemys;
Prince, il vous en souuient; vous le sçauez, Madame!

MARDESANE.

Le souuenir m'en reste, au plus profond de l'ame;

SYRA.

Ce reproche est frequent, & nous l'apprend assez;
Mais, ie puis l'ignorer, quand vous me menacez,
Et douter que pour luy, vous l'ayez deu respandre,
Alors que dans mon sein, vous le voulez reprendre;

SIROES.

L'exploict seroit illustre, et bien digne de moy;
Et vous me mettriez bien, dans l'estime du Roy,
Si ce lasche rapport, obtenoit sa creance;
Mais, en son sentiment, i'ay plus de confiance.

SYRA.

Le coup, dont Mardesane, a diuerty l'effort,
Partoit d'vne ame lasche, & non pas ce rapport.

SYROES.

Contre cette imposture, ô Ciel! pren ma deffense;

SYRA.

Vous voyez; s'il profere vn mot, qui ne m'offense;

SYROES.

Vostre fils, qui s'en taist, sert mal vostre desir;
Et.......

COSROES s'en allant.

Nous apprendrons tout, auec plus de loisir;
Ie fais vn tour au camp, pour vn soin qui m'importe;
Cependant, reçeuez, l'ordre, qu'on vous apporte,
Prince, c'est de ma part.

Sardarigue entre auec des Gardes.

MARDESANE, suiuant Cosroës.

Perilleuse vertu!
Fatale obeïssance! à quoy me resous-tu?

La Reine sortant regarde Siroës auec orgueil.

SCENE QVATRIESME.

SARDARIGVE, SYROES.

SIROES.

Quel ordre, Sardarigue, auez-vous de la Reyne,
Car le Roy, n'agit plus, que pour seruir sa hayne;
Et c'est elle qui parle, en tout ce qu'il prescrit;

SARDARIGVE.

Hâ, Seigneur, redoutez ce dangereux esprit!

SYROES.

Et vostre ordre!

SARDARIGVE.

Mon ordre, est que ie vous arreste;
A n'y pas obeyr, il y va de ma teste?
Mais ie n'ay pas si-tost, vos bienfaits oubliez,
Et j'apporte ma teste, & ma charge à vos pieds;
Issu du Grand Cyrus, & de tant de Monarques,
Prince, de vos ayeux, conseruez-vous les marques;

Il est temps de paroistre, & temps de voir vos loix,
Dispenser les destins, des peuples, & des Rois;
Le Roy va dans le camp, proclamer vostre frere,
Destruisez son party, par vn party contraire;
Si vous vous declarez, tous leurs projets sont vains,
Le sort vous aydera, mais prestez-luy les mains;
Il est temps, d'arracher, des mains d'vne marastre,
L'estat qui vous appelle, & qui vous idolastre;
Il n'est plus de respect, qui doiue retenir,
La genereuse ardeur, qui vous doit maintenir;
Outre le Diadesme, il s'agit de la vie;
Tout le Peuple est pour vous; tout le camp vous conuie;
Au premier mandement, Pharnace, & Palmyras,
Des cœurs qu'ils ont gaignez, vous vont armer les bras,
Et pour vous tout l'Estat, n'est qu'vne seule brigue;

SIROES l'embrassant.

Et pour comble d'espoir, i'ay pour moy Sardarigue;
I'ay, pour, me garantir d'vn triste euenement,
Le bras qu'on pretendoit, en faire l'instrument,
Allons, lançons plustost, que d'attendre la foudre,
Aduisons aux moyens, dont nous deuons resoudre;
Mais, faites-moy regner, pour regner auec moy,
Et vous donner, plustost, vn compagnon qu'vn Roy.

ACTE III.

SCENE PREMIERE.

SIRA, HORMISDATE.

SIRA.

ENfin, selon mes vœux, malgré la Loy Persane,
Au trosne de Cyrus, i'ay placé Mardesane;
Palmyras, par mes soings, démis de ses emplois,
N'a pû par son credit, m'en contester le chois;
Et j'ay mis en estat de ne luy pouuoir nuire,
Tous les interressez, qui le pouuoient destruire;
Par nos ordres, sur tout, Syroës arresté,
Ne peut mettre d'obstacle à nostre authorité;
Et Mardesane, enfin, successeur d'Artaxerce,
Regne, & fait, auiourd'huy, le destin de la Perse;

HORMISDATE.

Madame, pardonnez, si ie vous le redy,

Vous venés d'acheuer, vn projet bien hardy;
Vous cognoissez mon cœur, plaise aux Dieux que l'issuë,
En soit telle, en effect, que vous l'auez conceuë.
Mais, si mes sentiments, ont chez vous quelque accez,
Ie voy de grands perils, dedans ce grands succez;
Vn estat, si zelé, pour ses Rois legitimes,
Voir, sans y repugner, destruire ses maximes!
Voir vn gouuernement, où tous ont interest,
Passer sans fondement, dans les mains qu'il vous plaist;
Et sans ressentiment, pouuoir souffrir des chaisnes,
Sur celles, qui par droict, doiuent tenir ses resnes!
Prendre sans bruit, tel joug, qu'il vous plaist luy donner,
C'est ce que ma raison, ne peut s'imaginer.
Dans l'estourdissement, qu'excite vne surprise,
On peut souffrir l'effect, d'vne grande entreprise;
Mais la considerant, d'vn esprit plus remis,
On destruit s'il se peut, ce que l'on a permis;
Vn grand succez, produit, vne grande disgrace,
Et les choses bien-tost, prennent vne autre face;
Le sort est inconstant, & le peuple est trompeur.

HORMISDATE.

L'arrest de Syroës, me leue cette peur.

Et de ses Partisans, à l'ardeur amortie.
Mais, ayant interest, d'empescher sa sortie,
Si mon repos t'est cher, & si de mes bienfaits,
Tu m'ozes, aujourd'huy produire des effets,
(Comme de cet espoir, mon amitié se flatte)
Embrasse ma fortune, ô ma chere Hormisdate,
Et dans mes interests entrant aueuglement,
D'vn glorieux destin, fays-toy le fondement.

HORMISDATE.

L'amour perd de son prix, quand on la sollicite,
Si la mienne, Madame, est de quelque merite,
Considerez-là nuë, & ne l'interressez,
Que par sa pureté, qui vous paroist assez,

SYRA.

Puis-ie auoir confiance, au Zele de ton frere;

HORMISDATE.

Madame, il est tout vostre, & peut tout pour vous plaire;
Ie vous responds pour luy, d'vne fidelité,
Qui le sacrifiera, pour vostre Majesté;

SYRA.

I'en demande vne espreuue, & si i'en suis ingratte,

Ie veux voir ſans effect, l'eſpoir dont ie me flatte;

HORMISDATE.

Quelle ?

SYRA, luy donnant vn poignard,& du poiſon.

Que par ſes mains, le Prince en ſa priſon,
Receuant de ma part, ce fer, & ce poiſon,
Choiſiſſe, en l'vn des deux, l'inſtrument de ſa perte;

HORMISDATE.

Iuſtes Dieux! quelle injure en auez-vous ſoufferte,
Qui porte à cet excez, voſtre reſſentiment.

SYRA.

Ou qu'au refus, ton frere, en pouſſe l'inſtrument.

HORMISDATE.

Madame, au ſeul penſer, d'vn deſſein ſi funeſte,
Ie croy voir deſſus moy, choir le courroux celeſte!
I'en demeure interditte, & i'en fremis d'horreur!

SIRA.

Il faut bien plus de force, à ſeruir ma fureur;
On achepte à bon prix l'eſtat, dont la conqueſte

Et l'affermissement, ne coustent qu'vne teste;
J'esleueray ton frere, en vn si digne rang,
Que nul, plus prés que luy, n'approchera mon sang;
Et la part qu'il aura dedans le ministere......

HORMISDATE.

C'est aux sujets, enfin, d'obeyr, & se taire.
Vous m'auez iointe à vous d'vn si ferme lien,
Que pour vos interests, ie n'examine rien.
Madame, de ce pas, ie sers vostre colere,
Et porte ce present, & vostre ordre à mon frere;
Mais ie crains, de vous rendre, vn seruice fatal;
Et, i'ose dire plus, que i'en augure mal;

lle sort.

SYRA.

Qui croit aux loix des Dieux, ne croit point aux augures,
Ils ont desia reglé, toutes mes aduantures;
I'oze tout, & me rit de ces lasches prudents,
Qui tremblent au penser, de tous les accidents;
Tant de precaution, aux grands proiects est vaine;
Ie veux purger l'estat, de l'objet de ma haine;
Et tends, à me vanger, plus qu'à ma seureté;
Vostre ordre, Sardarigue, est-il executé?

ardarigue entre auec des gardes.

SCENE DEVXIESME.

SARDARIGVE, GARDES, SYRA.

SARDARIGVE.

Non, Madame, à regret, i'en execute vn autre;

SYRA.

Quel!

SARDARIGVE.

De vous arrester.

SYRA.

Quelle audace est la vostre!
Moy, temeraire;

SARDARIGVE.

Vous!

SIRA.

De quelle part?

SARDARIGVE.

du Roy.

SYRA.

Imposteur! Cosroës, t'impose cette loy!

SARDARIGVE.

Cosroës, n'a-t'il pas deposé la couronne?

SYRA.

Qui donc? est-ce mon fils, traistre, qui te l'ordonne!

SARDARIGVE.

Vostre fils m'ordonner? en quelle qualité?

SYRA.

De ton Roy? de ton Maistre? insolent! effronté!

SARDARIGVE.

Siroës est mon Roy, Siroës est mon Maistre,
La Perse, souz ces noms, vient de le recognaistre;

SYRA.

Dieux!

SAR-

SARDARYGVE.

Et pour le venir recognoiſtre auec nous,
Nous auons ordre exprez, de nous ſaiſir de vous.

SYRA.

De te ſaiſir de moy, perfide?

SARDARYGVE.

De vous-meſme.

SYRA, regardant autour de ſoy.

Et l'on ne punit pas cette inſolence extreſme?
Vn traiſtre, vn deſloyal, pour ma garde commis,
Attente à ma perſonne, & ſert mes ennemis!
Auec tout mon credit, & toute ma puiſſance,
Ie ne trouue au beſoin, perſonne à ma deffence;
Flatteurs, foibles amys, vile peſte des Cours,
Laſches adorateurs, j'attends voſtre ſecours;
Que deuient aujourd'huy, voſtre foule importune?
Ne ſacrifiez-vous, qu'à la ſeule fortune?
Et pour eſtre à l'inſtant, abandonné de vous,
Ne faut-il, qu'eſprouuer vn traict de ſon courroux?
Quoy, pas vn vray ſubjet? pas vne ame loyale,
Dedans Perſepolis, dans la Maiſon Royale!

Ma plainte est inutille, & mes cris superflus?
Et la Cour, dans la Cour, ne se treuuera plus.

SARDARIGVE.

Allons, vostre party, ne treuuera personne;

SYRA.

Le Ciel l'embrassera, si le sort l'abandonne;
Et veille auec trop d'yeux, sur l'interest des Roys,
Pour laisser outrager, la majesté des loys.

SARDARIGVE.

C'est en son équité, que Syroës espere;

SYRA.

Apres s'estre emparé, du trosne de son pere!

SARDARYGVE.

Apres que vostre fils veut s'emparer du sien:
Mais j'obeys, Madame, & n'examine rien.

SYRA.

Il faut que tout perisse, ou ma vengeance, traistre,

M'apportera ta teste, & celle de ton Maistre;

SARDARIGVE.

Le plus foible party, prendra loy du plus fort;
Mais de vostre prison, il attend le rapport,
Madame, & vous voyez, qu'à mon bras qui balance,
Vn reste de respect, deffend la violence;
J'ay peine à vous traicter, auec indignité,
Allons, épargnés-nous, cette necessité;

SIRA.

Il n'est pas merueilleux, qu'vn subject infidelle,
Escoute encor sa foy, qui tremble, & qui chancelle,
Quand par vn détestable, & perfide attentat,
Il veut blesser, en moy, tout le corps de l'Estat;
Quand commis de l'Estat, sa rage se desploye,
Non, contre l'accusé, mais contre qui l'employe;
Tu tiens de Syroës, l'ordre de ma prison!
Le perfide à long-temps couuert sa trahison,
Bien seduit des esprits, bien pratiqué des traistres,
Et long-temps enuié, le pouuoir de ses Maistres;
La brigue d'vne ville, & de toute vne Cour,

N'est pas l'effort, d'vn homme, & l'ouurage d'vn iour.
Tels à qui par pitié, i'ay fait laisser la teste,
Auront dessus la mienne, esmeu cette tempeste;
Mais si cette vapeur, s'exhale, en éclatant,
Si le sort peut changer, comme il est inconstant!
Les Bourreaux laisseront, de cette perfidie
Vne si memorable, & triste tragedie,
Que iamais faction, ne naistra sans trembler,
Et craindre le reuers, qui pourra l'accabler,

SARDARIGVE.

Ie laisse à la fortune à disposer des choses,
Mais l'heure.....

SIRA.

Approche, vien, traisne-moy, si tu l'oses;
Et si le nom qu'hyer, ie te vis adorer,
N'a plus rien auiourd'huy, qu'il faille reuerer;
Foulle aux pieds tout respect, traisne, & n'attends pas traistre;
Que ie doiue obeyr, aux ordres de ton Maistre;
Et d'vn cœur abbatu, consentir ma prison;

SCENE DEVXIESME.

SIROES, GARDES, PALMIRAS, SIRA.

SARDARIGVE, GARDES.

SIROES.

Tréve d'orgueil, Princesse, il n'est plus de saison;
La grandeur qui n'est plus, n'est plus considerée;
Reyne (quand vous l'estiés) ie vous ay reuerée;
Suiette, c'est à vous, à reuerer les Roys,
Et quand ie vous commande, obeyr à mes loys?

SIRA.

Perfide, apres ma place, en mon trosne vsurpée!

SIROES.

Apres ma place, au mien, iustement occupée;

SIRA.

Vostre, vn pere viuant! & pendant que ie vis!

SIROES.

Mien, quand vous pretendés, y placer vostre fils,

SIRA.

Si le Sceptre est vn faix, que le Roy luy dépose;

SIROES.

Si la loy de l'Estat, autrement en dispose!

SYRA.

Le Roy n'estant point mort, vous n'auez point de droit,

SYROES.

Quitant le nom de Roy, c'est à moy qu'il le doit;

SIRA.

Il croit seruir l'Estat, par cette préference;

SIROES.

L'estat, de l'vn, & l'autre, à fait la difference.

SIRA.

Appelés vous l'Estat, Pharmace & Palmyras!

SYROES.

Quand on m'a voulu perdre, ils m'ont tendu les bras.

SYRA.

Et donnè les conseils, dont ils vous empoisonnent.

SIROES.

Il ne me prend point mal, dés aduis qu'ils me donnent.

PALMIRAS.

Syre, l'ordre n'est point, de tant parlementer,
Auec des criminels, qu'on prescrit d'arrester.

SIRA.

Criminels, insolent?

PALMIRAS.

Les injures, Madame,
Sont dans le desespoir, les armes d'vne femme:
Et nous font moins de mal, que de compassion.
Sardarigue, acheuez, vostre commission;

SIRA à SARDARIGVE.

Allons, déliure moy, de ces objets funestes,
Ces horreurs de mes yeux, ces odieuses pestes,
N'importe où ie les fuye, ils me sont plus affreux,
Que le plus noir cachot, qui m'esloignera d'eux,
Allons.

Sardarigue l'emmeine auec les Gardes.

SIROES.

Mon regne naist, sous de tristes auspices,
Si ie luy doibs, d'abord, du sang, & des supplices;

PALMIRAS.

D'vn trosne, où l'on se veut establir seurement,
Le sang des ennemys, est le vray fondement;
Il faut de son pouuoir, d'abord monstrer des marques,
Et la pitié, n'est pas la vertu des Monarques;
Du droict qu'on vous rauit, tout le camp est jaloux,
Les voix nommant son fils, tous les cœurs sont pour vous,
Il faut vaincre, ou perir, en ce fameux diuorce,
Heritier de Cyrus, heritier de sa force;
Qui rendit ce grand Roy, si craint, & si puissant,
Que les fameux proscripts, de son regne naissant;
Chaque chef des cartiers, vous répond de la ville,
Pharnace, & Vayaces, traictent auec Emille;

I'ay mis en liberté, les prisonniers Romains,
Tout est calme au Palais, la Reyne est en vos mains;
Peu de chose vous reste, & l'arrest de deux testes,
Met la vostre à couuert, de toutes ces tempestes;
Leur perte vous conserue; & c'est à cet effort,
Qu'il vous faut esprouuer, & qu'il faut estre fort;
Qu'il faut d'vne vigueur, masle, & plus que commune,
Ayder les changemens, qu'entreprend la fortune;

SIROES.

I'aurois d'autres rigueurs, pour d'autres ennemis;
Mais ie sents, quoy que Roy, que ie suis encor fils.

PALMIRAS.

D'vn pere, qui pour vous, ne sent plus qu'il est pere,
Qui ne recognoist plus de fils, que vostre frere,
Et pour vous en frustrer, l'admet en vos Estats.

SIROES.

La raison est pour moy, mais le sang ne l'est pas,
Quelle fatalité, de deuoir par vn crime,
Me conseruer vn droict, qui m'est si legitime;
Mais ces raisonnemens, enfin sont superflus,
Ie me plains, seulement, & ne consulte plus;

Ie regrette d'vn pere, ou la perte, ou la fuitte,
Mais ce regret, n'en peut empescher la poursuitte;
Hors du trosne, mes iours n'ont plus de seurcté,
Tout mon salut consiste, en mon autorité;
Au lieu, qu'auant l'affront, que ce mespris me liure,
Ie viuois pour regner, il faut regner pour viure;
Et ie ne puis parer, que le sort à la main,
Les redoutables traits, de mon sort inhumain;
Renoyez les quartiers, & soignez que la ville,
Dans ce grand changement, nous soit vn seur azile;

PALMIRAS.

Vous armant de vertu, tout succedera bien;

SIROES.

Asseurez-vous, des Chefs, et ne negligez rien.
Cependant que ie dompte vn reste de foiblesse,
Qui dans mon cœur, encor, souffre quelque tendresse; Palmyras sort.

SIROES seul continuë.

Que tu m'aurois, ô sort! dans vn rang plus obscur,
Fait gouster vn repos, bien plus calme, & plus pur;
Les pointes des brillants, qui parent les couronnes,
Figurent bien, cruel, les soins, que tu nous donnent,
Et ce vain ornement, marque bien la rigueur,

De poignantes douleurs, qui nous perçent le cœur;
Celle qu'on veut m'oster, à peine est sur ma teste,
Mais Dieux, à quel combat, faut-il que ie m'appreste.

SCENE TROISIESME.

NARSEE, SIROES, GARDES.

NARSEE.

Aprenez-moy, Seigneur, le nom que ie vous doy!
Parlay-ie à mon amant, où parlay-ie à mon Roy?
Et voyant vostre gloire, au poinct, où ie souhaitte,
Suis-ie vostre maistresse, ou bien vostre sujette!
Quels deuoirs, vous rendray-ie, en cet estat pompeux!
Vous dois-ie mon hommage, où vous dois-ie mes vœux?
Apprenez-moy mon sort, & par nos differences,
Reglant nos qualitez, reglez mes déferences;

SIROES.

Vostre sort est le mien, nostre amour l'a reglé.
Et le bandeau Royal, ne l'a point aueuglé;
Vos loix, sont mes destins, & ce cœur ne respire,
Qu'vne sujettion, plus chere qu'vn Empire,

I'estime également, ma couronne, & vos fers,
Ie regne, ma Princesse, & regnant ie vous sers;
L'Estat me fait son Roy, l'amour vous fait ma Reine,
Ie suis son souuerain, & vous ma souueraine;
Et mon pouuoir, accreu, que le tiltre de Roy,
N'altere point, celuy, que vous auez sur moy.
Voila nos qualitez;

NARSEE.

Quelle aueugle colere,
Vous fait donc oublier, que la Reyne est ma mere?

SIROES.

La colere, Princesse, ou plustost la raison,
Qui me fait de mon pere, ordonner la prison,
Quelque rang, ou la Perse, aujourd'huy nous contemple,
Nous ne pouuons regner, sans ce fameux exemple;
Nous ne pouuons, sans luy, ioüyr de nostre amour;
Nous ne pouuons sans luy nous conseruer le iour,
Il faut que la nature, ou la fortune cede,
L'vne nous est contraire, & l'autre nous succede,
Le mal qu'on veut guerir, ne se doit point flatter,

Et ce sont nos bourreaux, que ie fais arrester;

NARSEE.

Nos Bourreaux, les auteurs du iour qui nous esclaire!

SIROES.

Les auteurs de l'affront, qu'ils nous ont voulu faire;

NARSEE.

Vn Empire, vaut-il, cette inhumanité!

SIROES.

Vaut-il, nous menacer de cette indignité?
Et qu'vn pere aueuglé, destine pour victime,
A son vsurpateur, son maistre legitime;
Le pouuoir, tombe mal, en des cœurs abbattus;
Auec le nom de Roys, prenons-en les vertus;
Iusques dans nostre sang, exterminons le crime,
Mais reprimons, sur tout, le mal qui nous opprime;
Dois-ie encor du respect, à qui veut m'arrester?
Et luy suis-ie obligé, du iour qu'il veut m'oster?
Le suis ie à vostre mere, à qui ie fais ombrage?
Et qui met tout credit, & tout soing en vsage,
Pour me frustrer d'vn droict, que le sang m'a donné,

Et m'en ayant exclus , voir le sien couronné?
Vous estes souueraine, & Syra criminelle,
Voyez, de qui des deux, vous prendrez la querelle,
D'vne mere arrestée, ou d'vn amant tout prest
D'ouyr ses ennemis , prononcer son arrest ;
Et sur vn eschaffaut, enuoyer vne teste,
Dont vos yeux, ont daigné d'auoüer la conqueste.

NARSEE.

Redoutez-vous plus rien ? & vos soings proui-
dents ,
N'ont-ils pas sçeu préuoir, à tous les accidents,
Que vous peut susciter le courroux d'vne femme ?

SIROES.

Tel, peut estre, nous rit ; qui nous trahit dans l'ame ;
Et cherche vn mescontent, à qui prester le bras,
Pour des seditions, et des assassinats ;
Sur quelque fondement, qu'elle soit appuyée,
L'authorité naissante , est tousiours enuiée ;
Et souuent à leur foy, les peuples renonçants,
Aiment ceux affligez, qu'ils ont hays puissants ;

NARSEE.

Vne Reine en des fers , n'est donc pas affligée?

SIROES.

Elle n'eſt pas en lieu, d'en eſtre ſoulagée;
Et de mettre en vſage, vn reſte de pouuoir
Qui pourroit pratiquer leur ſeruile deuoir;

NARSEE.

N'atten point de ſuccez, ô priere importune!
Ie ne ſuis plus maiſtreſſe, où regne la fortune;
L'amour n'a plus d'Empire, où l'intereſt en prend,
Ne conſiderez rien, l'Eſtat vous le deffend;
Il luy faut immoler, toute voſtre famille,
Du moins, auec la mere, il faut perdre la fille;
Nous ne ſommes qu'vn ſang, & qu'vn cœur ſeparé,
Ie pourrois acheuer, ce qu'elle a preparé,
D'vn frere contre vous, eſpouſer la querelle,
Dedans voſtre desbris, m'interreſſer comme elle;
Sapper les fondements de voſtre autorité,
Et renuerſer le troſne, où vous eſtes monté.
Si ces yeux vous ont plû, gardez que de leurs char-mes,
Contre voſtre pouuoir, ie ne faſſe des armes,
Et n'en achepte l'offre, & d'vn cœur, & d'vn bras
Qui m'ozent immoler vos iours, & vos Eſtats,
Preuenez, ſans égard, tout ce qui vous peut nuire,

Aduerty, destruisez ce qui vous peut destruire,
Craignez l'aueuglement, d'vn amour irrité,
Et ne considerez, que vostre seureté.
Voudriez-vous m'obliger, d'aimer mon aduersaire,
Souffrirois-ie en mon lit, l'assassin de ma mere?
Pourrois ie sans horreur, auec son ennemy.
Partager vn pouuoir, par son sang affermy?
Gardes, emmenez-moy, son salut vous l'ordonne,
Sauuez de ma fureur, sa vie, & sa couronne;
Helas! ô quoy, Nature, obligent tes respects,
Qu'il faille à mon amant, rendre mes vœux suspects!
Et pour en obtenir, ou ma perte, ou ta grace,
Contre ce que i'adore, employer la menace?
Par ces transports, Seigneur, iugez de mes douleurs,
I'aurois plus obtenu, du secours de mes pleurs;
Mais vn extreme ennuy, n'en est gueres prodigue.

SIROES.

Gardes, suiuez Madame, & cherchez Sardarigue,
Qu'il obeysse aux loix, qu'elle luy prescrira,
Et sur tout, qu'en ses mains, il remette Syra;
Allez.

NARSEE.

Cette faueur, vous couste trop de peine;

SIROES.

SIROES.

Non, non, ie m'abandonne, aux fureurs de la Reyne,
Et ne regarde plus, ny le droict qui m'est dû,
Ny le rang que ie tiens, que comme vn bien perdu;
Ie vous prefere aux Dieux, dont les bontez prosperes,
M'ont voulu conseruer, le trosne de mes peres;
Vous m'en voulés priuer, il vous faut obeïr,
Et d'vn respect aueugle, auec moy vous trahir,
Ie n'ay qu'vn seul regret, que mon amour extréme,
En hazardant mes iours, se hazarde luy mesme,
Et qu'au poinct du succés, dont ie flattois mes veux,
L'heur de vous posseder, me deuienne douteux,

NARSEE.

Quoy que vous hazardiez, ie cours mesme aduanture,
Nous aurons mesme couche, ou mesme sepulture;
De vos vœux, vif, ou mort, ie vous promets le prix.

I

L'hymen ioindra nos corps, ou la mort nos esprits,
Mais, si vous en daignés, croire vn amour extréme,
Ie vous responds du iour, du trosne, & de moy-mesme,
I'obserueray la Reyne auecques tout le soing
Qu'exigeront les lieux, le temps, & le besoing,
Et i'oze vous promettre, vn bouclier inuincible,
En la garde d'vn cœur, surueillant, & sensible,
Qui de vos ennemys, vous parera les coups,
Ou qu'il faudra percer, pour aller iusqu'à vous.

SIROES s'en allant d'vn autre costé.

Reglés à vostre gré, la fortune publique,
Vsés, comme il vous plaist, d'vn pouuoir tyrannique;
Consommés en ce cœur, sur qui vous l'exercés,
Il le faut bien souffrir, Gardes, obeyssez.

ACTE IIII.

SCENE PREMIERE.

SIROES, ARTANASDE.

SIROES, *lisant vn billet.*

Ce billet est vn gage, à vostre Majesté,
Qu'elle peut auec confiance,
Donner à son porteur, vne entiere creance,
Et s'asseurer sur moy, de sa fidelité.

PALMIRAS.

SYROES *continüe.*

QV'est-ce Artanasde?

ARTANASDE.

Hâ Sire! à la seule pensée,
De ce fatal rapport, i'ay l'ame encor glacée;

Pour l'execution, d'vn complot odieux,
La Reyne, sur mon bras, a pû ietter les yeux;
Vous croyant arresté, cette fiere aduersaire,
M'a commis par ma sœur, vn present à vous faire,
Pour vous voir inmoler, à son ressentiment, luy monstrant le poignard & le poison.
Ou pour vostre refus, en estre l'instrument,
Ce fer, ou ce poison.

SIROES.

O détestable femme !

ARTANASDE.

De vos iours innocens, deuoit couper la trame;

SYROES.

O Dieux!

ARTANASDE.

Et i'en ay l'ordre, à dessein accepté,
Craignant qu'vn autre bras, ne l'eust executé;
Elle à pressé ma sœur, auec toute l'instance,
Qui pouuoit esbranler, la plus ferme constance,
Et nous deuions, pour prix de ce grand attentat
Auoir si bonne part, aux employs de l'Estat,
Que nous eussions pû tout, & qu'apres sa personne,

Nul, n'eust tenu de rang, plus prez de la Couronne;
Mais ma sœur, opposant a cette ambition
La loüable terreur, d'vne noire action,
(Et fremissant d'horreur, d'vne telle iniustice)
N'a que pour l'abuser, accepté cét office;
I'ay d'vne mesme horreur, ce dessein detesté,
Et l'aduis important à vostre Maiesté,
(Dont ie cognois, qu'enfin, la Perse doibt dépendre)
I'ay cherché Palmyras, pour venir vous l'apprendre;
Mais trauaillant ailleurs, il s'en est deffendu,
Par le mot de sa main, que ie vous ay rendu.

SYROES.

Artanasde, croyés, que ma recognoissance,
Ne cessera iamais, qu'auecques ma puissance;
Et que ie sçauray mieux, recognoistre vn bien faict,
Que Syra n'a promis de payer vn forfaict;
Gardés ces instruments, d'vne implorable hayne,
Qui n'a plus de ressource, & que nous rendrons vaine;
Si les Dieux, ennemys, de tels persecuteurs,
Des interests des Roys, sont encor protecteurs;
O redoutable esprit, ô marastre cruelle!
Trop pieuse Narsée, & mere indigne d'elle!

ARTANASDE.

Non pas mere, Seigneur, & i'ay sur ce propos,
Un secret, qui regarde encor vostre repos;

SIROES.

Quel secret, Artanasde? esclairez-m'en, de grace;

ARTANASDE.

Puisque le sort de Perse, à pris une autre face;
Sçachez un accident, heureux pour vostre amour,
Que plus de vingt Soleils, n'ont oze mettre au iour;
Et dont la verite fera voir que Narsée,
Au party de Syra, n'est point interressée;

SIROES.

O Dieux!

ARTANASDE.

Quand d'Abdenede, encor en son matin,
Vne troisiesme course, eut tranché le destin;
Tost apres, de sa mort, la tristesse bannie,
Feist penser Cosroës, au sceptre d'Armenie;
Il proposa d'armer, son dessein fut conclu,
De vous dire le reste, il seroit superflu;

Il suffit qu'vn hymen, ioignit les deux couronnes,
Et que l'âge, le rang, & l'estat des personnes,
Treuuerent en Syra, tant de conformité,
Que l'hymen, & la paix, ne furent qu'vn traité;
Suffit, qu'on sçait encor, que dans vostre famille,
La vefue de Sapor, n'apporta qu'vne fille.
En sa plus tendre enfance, et dont les iours naissants,
A peine auoient veu poindre, & remplir six croissants.
Et qu'enfin, nostre bonne ou mauuaise aduanture,
Au soucy de ma sœur, commist sa nourriture;
Mais ce cher gage, à peine, en sa garde receu,
(Et voicy, du secret, ce qui n'estoit pas sçeu;)
D'vne conuulsion, l'atteinte inopinée,
De cette ieune fleur, trancha la destinée;
Pour lors à Palmyras, le sort m'auoit donné,
Ou ma sœur m'abordant, d'vn visage estonné;
Hâ mon frere, en quel lieu, (me dy-t'elle auec peine,)
Me mettray-ie à couuert, du courroux de la Reine?
Helas. Narsee est morte, elle vient d'expirer,
La, Palmyras entrant, et l'oyant souspirer,
N'a pas si-tost appris le mal qui la possede,
Qu'à l'instant, de ce mal, il treuue le remede;
Et se voyant pour lors, vne fille au berceau ,
Esprouuez nous, dit-il, si son sort sera beau ,

Laissons faire le temps, & voyons l'aduanture,
D'vn jeu, de la fortune, auecques la nature;
Narsée, & Sydaris, se ressembloient si fort,
Qu'outre que leur visage, auoient bien du rapport,
La ressemblance encor, & du poil, & de l'âge,
Par bon-heur, répondoit à celle du visage;
Pour acheuer, enfin, le soing de Sydaris,
Sous le nom de Narsée à ma sœur fut commis;
Palmyras, d'autre part, sous le nom de sa fille,
Inhumant la Princesse, abusa sa famille,
Et voit en ce ieune astre éclatter des appas,
Dont vingt ans, ont fait croire, & pleurer le trépas;

SIROES.

O Dieux, si ce rapport, n'abuse mon oreille,
Qu'ay-ie, à vous demander, apres cette merueille!
Le reproche estoit iuste, aux bouches de la Cour,
Que le sang de Syra, m'eust donné de l'amour;
Et son auersion, pour moy si naturelle,
Ne me pouuoit souffrir, d'aymer rien qui vint d'elle;
Mon cœur, estoit trop bon, pour en estre surpris,
Dans mon aueuglement, il ne s'est point mespris;
Il n'a rien fait de lasche, & contre ma pensée.
N'aimoit rien de Syra, quand il aimoit Narsée,
Mais sur ce seul rapport, te puis-ie adjouster foy,

AR-

ARTANASDE.

Si les respects, qu'on doit, aux oreilles d'vn Roy;
Si la sincerité d'vne ame assez loyale,
Pour auoir tant vescu, dans la maison Royale;
Si la foy de ma sœur, celle de Palmyras,
Qui d'vn injuste joug, retire vos Estats;
Si m'estre desisté, du party de la Reine,
Dont loing d'executer, i'ay detesté la haine;
Et si ma vie, enfin, que i'oze hasarder,
Ne suffisent, Grand Prince, à vous persuader,
Sur ce debile corps, esprouuez les tortures,
Vous n'en tirerez pas, des veritez plus pures;
Quinze lustres, & plus, ont deu prouuer ma foy;

SIROES.

Quelles graces, bons Dieux! & quel heur ie vous doy,
Et toy, qui rends le calme, à nostre amour flottante,
Artanasde, tes biens, passeront ton attente;
Et feront enuier, l'esclat de ta maison;
Allons, & garde-moy, ce fer, & ce poison.

SCENE DEVXIESME.

SARDARYGVE, SYROES, GARDES, ARTANASDE.

SARDARIGVE.

Syre, voſtre grandeur, ne treuue plus d'obſtacles;
Chaque heure, chaque inſtant, vous produit des miracles?
Et le traité de paix, qu'Emile a conſenty,
Engage Heraclius, dedans voſtre party;
Mais vne autre nouuelle, & bien plus importante,
Qui peut eſtre, Seigneur, paſſera voſtre attente,
Eſt que tous les ſoldats, d'vn meſme cœur vnis,
Amenent priſonniers, Coſroës, & ſon fils;

SIROES.

Coſroës! Dieux! ie tremble! & malgré ma colere,
A ce malheureux nom, cognois encor mon pere;
Mais, pour ſe ſaiſir d'eux, quel ordre à-t'on ſuiuy;

SARDARIGVE.

Nul, que le Zele ardent, dont tous vous ont seruy;
A peine vn bruit confus, de quelques voix forcées,
Proclamant Mardesane, à flatté leurs pensées,
Et les cœurs des soldats, assez mal expliquez,
Que Sandoce, & Pacor, par mes soins pratiquez,
Souslenant les deux Corps, que chacun d'eux commande,
Voyons, (nous ont-ils dit) le Roy, qu'on nous demande;
Mardesane, à ce mot, pasle, transi d'effroy,
A peine encor regnant, a cessé d'estre Roy,
Sandoce, s'est d'abord, saisi de sa personne,
Cosroes s'est esmeu, quelque alarme se donne;
Mais tous deux arrestez, on cesse, & sur le champ,
Vn, Viue Syroës, *s'estend par tout le camp.*
Et tesmoignant pour vous, des ardeurs infinies,
Vous à, comme les voix, les volontés vnies;
Admirez, quel bon-heur, conduit nostre proiect?
Deux Roys n'ont dans le camp, treuué pas vn suiet;
L'allarme s'est éteinte, aussi-tost qu'allumée,
Et vostre nom, tout seul, à meu toute l'armée;
Pharnace les ameine, & tout le camp qui suit,
Vient de ce Zele ardant, vous demander le fruict;

SYROES pleurant.

Que voſtre faſte eſt vain, ô grandeurs ſouueraines,
S'il peut ſi toſt changer, des Sceptres, en des chaiſnes ;

SARDARIGVE.

Gouſtez mieux la faueur d'vn changement ſi prompt,
N'en ſoyez pas ingrat, aux Dieux, qui vous la font.

SIROES.

Sardarigue, ſouffrez, que ma douleur vous marque,
Les ſentiments d'vn fils, parmy ceux d'vn Monar-
que ;
Et plaigne vn pere aux fers, qui regnoit au iourd'huy ;

SARDARIGVE.

Il vous à plus produit, pour l'Eſtat que pour
luy ;
Conſiderez ſon crime, & non pas ſa miſere,
Et pere de l'Eſtat, ne plaignez point vn pere ;
A qui laiſſe languir, l'effect d'vn grand deſſein,
Le temps peut arracher, les armes de la main ;
Et les faire paſſer, en celles du coupable ;
Quand de le preuenir, on s'eſt fait incapable ;
Le fera-t'on entrer?

SYROES pleurant.

Attendez, laissez-moy,
Reprendre auparauant des sentimens de Roy,
Puisqu'il faut estouffer la pitié qui me reste,
Laissez-moy preparer, à ce combat funeste,
Ou, contre les conseils, de mon ambition,
Mon sang, sans l'auoüer, prend sa protection.
Puis-ie sans crime, helas, lancer ce coup de foudre;
Condamné par mes pleurs, quel Dieu pourra m'absoudre?

SARDARIGVE.

Ces foiblesses, Seigneur, démentent vostre rang.

SIROES.

Pour les faire cesser, faites taire mon sang,
Contre ses mouuements, ma resistance est vaine;
Tenez-les quelque temps en la chambre prochaine,
Tandis qu'à la rigueur, dont ie leur doibs vser,
Contre mes sentimens, ie me vay disposer,
Tandis qu'à les hayr, mon ame se prepare,
Et que ie m'estudie, à deuenir barbare;
Vn Tyran detestable, vn maudit interest,
O pere infortuné, demande ton arrest;

I'ay ſon authorité, vainement combattuë,
Et l'or de ta couronne, eſt le fer qui le tuë. Il ſort.

SARDARIGVE ſeul.

Que ton droict, abſolu, ſur tout ce que nous ſommes,
Eſt, comme aux plus petits, fatal aux plus grands hommes?
Tout meut par ton caprice, & rien dans l'Vniuers,
Ne ſe peut dire, ô ſort, exempt de tes reuers.

SCENE TROISIESME.

NARSEE, GARDES, SARDARIGVE.

NARSEE.

Suiuez-moy, Sardarigue, & deliurez la Reine:

SARDARIGVE.

Par voſtre hymen futur, ie vous croy ſouueraine;
Et ſans l'examiner, receurois cette loy;
Mais, ce deſſein, Madame, importe trop au Roy,
Pour ....

I. GARDE.

Palmyras entre

I'en apporte l'ordre, et ie viens vous l'apprendre.

SCENE QVATRIESME.

PALMYRAS, NARSEE.
SARDARIGVE, GARDES.

PALMIRAS.

I'en apporte vn contraire, & viens vous le deffendre;

NARSEE.

Me cognoissez vous, Prince?

PALMIRAS.

Oüy, Madame, & conoy,
Ce que vous me deuez, & ce que ie vous doy; Sardarigue s'en va.
Mais, il n'est pas saison de m'ouurir d'auantage;

NARSEE.

L'Estat, de vos conseils, tire vn grand aduantage;
Le trouble qui l'agite, & que vous y semez,

Et les puissants partis, que vous auez formez,
Ont fait naistre vn diuorce en la maison Royale,
Qui part d'vn Zele ardent? & d'vne ame loyale!

PALMIRAS.

Ce diuorce, vous monte, en vn si haut degré,
Que vous serez ingratte, où vous m'en sçaurez gré;

NARSE'E.

La Reyne estant aux fers, toute grandeur m'est vaine;

PALMIRAS.

L'Estat, ne cognoist plus, & n'a que vous de Reyne;

NARSE'E.

Vos deuoirs, en effet, me le monstrent assés!

PALMIRAS.

Ie vous en ay rendu, plus que vous ne pensés.

NARSE'E.

Entre autres, ce dernier, prouue fort vostre Zele

PAL-

PALMIRAS.

Vous sçaurez quelque iour, si ie vous suis fidele ;

NARSEE.

Si l'on craint pour le Roy, ie responds de ses iours ;

PALMIRAS.

I'en responds, sans vos soings, & sans vostre secours.

NARSEE.

I'admire, quelle ardeur, son salut vous excite !

PALMIRAS.

Le temps vous en fera cognoistre le merite ;

NARSEE.

I'ay malgré mon courroux, du respect pour le Roy ;

PALMIRAS.

Quand vous me cognoistrez, vous en aurez pour moy !

NARSEE.

Quel objet de respect, l'ennemy de ma mere !

PALMYRAS.

Vostre mere, plustost, m'a tousiours esté chere!

NARSEE.

Vous l'a faites, du moins garder auec grand soing;

PALMIRAS.

Ie m'expliqueray mieux, quand il sera besoing.

NARSEE.

Enfin, tout mon credit, ô deplorable Reyne,
De vos persecuteurs, ne peut vaincre la haine;
Et pour toute response, aux plaintes que ie perds,
On dit, qu'on vous cherit, quand on vous tient aux fers;
O barbare amitié, qui produit le seruage?
Dont les pleurs sont vn fruict, & les chaisnes vn gage;

PALMIRAS.

Ny la mort de Syra, ny sa captiuité,
N'importe en rien, Madame, à vostre Majesté;

NARSE'E.

Hâ ! comment contenir, la douleur qui m'emporte.
La prison de Syra, ny sa mort ne m'importe.
Qui m'ose proposer, cette fausse vertu,
Dans les flancs d'vne femme, a-t'il esté conceu!
Ou naissant, suça-t'il, au sein d'vne Lyonne,
Les cruels, sentiments, que mon mal-heur luy donne?

PALMIRAS.

Vostre ennuy m'attendrit ; ô Nature, il est temps,
Que tu mettes au iour, vn secret de vingt ans ;
Que tu sois reuerée, au sang, où tu dois l'estre,
Et qu'aux yeux de sa Fille, vn Pere oze paroistre?
Non, ma Fille, (d'abord, ce nom vous surprendra,)
Vous n'auez point de part, aux malheurs de Syra ;
Et si i'obtiens de vous, vn peu de confiance....

SCENE CINQVIESME.

ARTANASDE, PALMIRAS, NARSEE.

ARTANASDE.

Seigneur, on vous souhaitte, auec impatience,
On voit l'esprit du Roy, si fort irresolu,
Qu'il change à chaque instant, tout ce qu'il a conclu;
Ayant veu, Cosroës, dedans sa frenaisie,
Vne si viue alarme, à son ame saisie,
Qu'en son inquietude, incertain & confus,
En moins que d'vn moment, il veut, & ne veut plus;
Tous vos trauaux sont vains, si reduit à ce terme,
Son esprit, ne reprend, vne aßiette plus ferme;
Et l'on n'attend, Seigneur, cet effort que de vous.

PALMYRAS.

De nos testes, ô Ciel, destourne ton courroux!
Sauue vn Roy trop pieux, de sa propre foiblesse,
Et ceux, qu'en son party, sa fortune interresse;

Voyons le Roy, Madame, Artanasde, & sa sœur,
Acheueront pour moy, de vous ouurir mon cœur;

Parlant à Narsée.

Et moins interressez, me feront mieux entendre;

NARSEE, s'en allant. bas.

Dieux ! quel est cet énigme , & qu'y puis-ie comprendre !
Quel iour puis-ie tirer, de tant d'obscurité !
Et quelle foy, deuray-ie, à cette verité?

ACTE V.

SCENE PREMIERE.

SIRA, SARDARIGVE, GARDES.

SIRA.

Moy, lasche? Moy, le craindre, au poinct de le prier,
Moy, qui porte vn cœur libre, en vn corps prisonnier!
Moy, de quelque terreur, auoir l'ame saisie,
Apres que souz mes loix j'ay veu trembler l'Asie,
Et qu'on a veu mon sang, fertile en Potentats,
Auec tant de splendeur, regner sur tant d'Estats!
Apres le vain effort de la rage, & des armes,
Tenter pour le toucher, des souspirs, & des larmes;
Que mon fils despendist, deuant donner la loy,

Et qu'il vescust subjet, ayant pû mourir Roy !
Ma rage est auortee, & mon attente est vaine.
Mais, quoy que sans effect, i'ay tesmoigné ma haine;
Vn Ministre effrayé, ne l'a point attaqué,
Mais, i'ay tousiours, armé le bras qui l'a manqué;
Et l'honneur de mourir, au moins son ennemie,
De la mort, que i'attends, ostera l'infamie ;
Si pour ce qu'à mes yeux, il reste de clarté,
I'auois à souhaiter vn peu de liberté,
Ce seroit, pour pouuoir mourir son homicide ;
Et si ie l'attaquois, d'vn bras mol, & timide,
Comme ce lasche cœur, que j'auois pratiqué,
Il se pourroit vanter, que ie l'aurois manqué ;
Mais.......

Syroës, Palmiras & Pharnace entrent, & l'écoutẽt

SCENE DEVXIESME.

SIROES, PALMIRAS, PHARNACE, SIRA, SARDARIGVE, GARDES.

SYROES assis.

Nous venons pouruoir, contre la violence,
Et de vostre furie, & de vostre insolence.
Hé bien, Madame !

SIRA.

Hé bien, traistre, te voila Roy?
La pointe de mes traits, à tourné contre moy;
Et par où j'ay voulu, mettre vn fils en ta place,
Ie te mets en la mienne, et m'acquiers ta disgrace;
I'ay fait plus, i'ay tenté pour le coup de ta mort,
Par le bras d'vn des miens, vn inutile effort;
I'ay, si tu l'as oüy, souhaitté ma franchise,
Pour, de ma propre main, en tenter l'entreprise;
Ne t'en estonne pas, le iour m'est à mespris;
I'ay iuré de perir, où voir regner mon fils;
Et si la liberté m'estoit encor offerte,
I'en employrois pour luy, tout l'vsage à ta perte;
Est-ce assez? les tesmoins, sont icy superflus,
Mon procez est bien court; prononce là-dessus;

SYROES.

I'admire ce grand cœur, & nous deuons, Madame,
Vn renom memorable, à cette force d'ame;
Vous auez dans l'Estat, auec ce grand courroux,
Fait de grands changements, mais funestes pour vous;

SIRA.

Ie considere peu, ce qui m'en est funeste!

Tout

Tout le mal qui m'en vient, est le bien qui t'en reste ;
Ie plaindrois peu la vie, & mourois sans effort,
Si suiet de mon fils, tu suruiuois ma mort ;
Ou si de tes destins, i'auois tranché la trame ;

SIROES.

C'estoient de grands dessins, pour la main d'vne femme ;
Et qui meritoient bien, d'en deliberer mieux,
Qu'auec l'ambition, qui vous silloit les yeux ;
Il faut, ou plus de force, ou plus d'heur qu'on n'estime,
Pour exclurre d'vn trosne, vn Prince legitime ;
Les funestes complots, qu'on faict contre ses iours,
Peuuent auoir effect, mais ne l'ont pas tousiours,
Vous l'éprouuez, Madame, auec ce grand courage,
Qui pour me mettre à bas, à tout mis en vsage,
Auec tout cét effort, qu'auez vous auancé ?
Sur qui tombe ce foudre ? où l'auez-vous lancé ?
Sur la teste, où vos mains, portoient mon Diadesme,
Sur celle de mon pere, & sur la vostre mesme ;
Par quel aueuglement, n'auez vous pas iugé,
Qu'ayant des Dieux au Ciel, i'en serois protegé ?
Doutez-vous, que l'obiect ; de leurs soings plus augustes,
Est l'interest des Roys, dont les causes sont iustes ?

SIRA.

Ils l'ont mal tesmoigné, quittant nostre party,
Et souffrant pour le sien, ce qu'ils ont consenty ;
Mais qu'ils veillent, ou non, sur les choses humaines,
Au fait dont il s'agit, ces questions sont vaines ;
Prononçant mon arrest, chasse moy de ces lieux,
Tyran, desliure moy, de l'horreur de tes yeux ;
Chaque trait m'en punit, chaque regard m'en tüe,
Et mon plus grand supplice, est celuy de ta veüe.

SIROES.

Il vous faut affranchir, d'vn si cruel tour-
ment ? *Il parle aux Satrapes.*
Princes, deliurez-l'en par vostre iugement.

SYRA.

Delibere cruel, consulte tes Ministres,
Nos malheurs sont le fruit, de leurs aduis sinistres ;
Ce reste de proscripts, eschappez aux bourreaux,
Ne pouuoit s'eleuer, que dessus nos tombeaux ;
Et ne peut recouurer, que par nostre disgrace,
Dans le gouuernement, les rangs, dont on les chasse ;
Ils ont grand interest, en la mort que i'attends,
Ne crains point, leurs conseils iront où tu pretends ;

Hé bien perfide! & vous, lasches supposts de traistres,
Qu'auez-vous resolu, mes Iuges, & mes Maistres?

SIROES, luy monstrant le poignard
& le poison, qu'vn Garde luy baille.

On m'a de vostre part, apporté ces presents;

SIRA.

Hé, bien?

SIROES.

Les treuuez-vous, des tesmoins suffisants;
Ou s'il faut autre chose, afin de vous confondre?

SYRA.

Quand i'ay tout auoüé, ie n'ay rien à respondre;
Ie prends droict par moy-mesme, & mon plus grand forfaict,
Est, non d'auoir ozé, mais ozé sans effect;

SYROES.

Les instruments du mal, le seront du supplice,
Choisissez l'vn des deux, & faites-vous iustice;

SYRA.

C'est quelque grace, encor, ie n'osois l'esperer;
Ie choisis le poison, fay le moy preparer:
Ie l'estimeray moins, vn poison, qu'vn remede,
Que ie dois appliquer, au mal qui me possede;
Le goust m'en sera doux, au deffaut de ton sang,
Dont auec volupte, i'eusse espuise ton flanc.
Ie prefere à la vie, vne mort salutaire,
Qui me va deliurer, des mains d'vn aduersaire;
Mais, ioints vne autre grace, au choix de mon
trespas,
Tyran, fay que mon fils, y precede mes pas,
Pour le voir par sa mort, exempt de l'infamie,
De reçeuoir des loix, d'vne main ennemie;
Viuant, de son credit, tu craindrois les effets;

SYROES.

Vos vœux sont genereux, ils seront satisfaits;
Qu'il entre, Sardarigue, & remenez la Reyne;

SYRA, sortant superbement, & en furie.

Reyne est ma qualité, quand tu sçays qu'elle est
vaine!

Hyer, i'estois ta Marastre, & ie tiens à grand bien,
De mourir aujourd'huy, pour ne t'estre plus rien;

Elle sort auec Sardarigue & les Gardes.

PALMYRAS.

Donnez au desespoir, ces reproches friuoles;

SIROES.

Elle est femme, elle meurt, & ce sont des paroles;
Bien plus si l'interest, de mon authorité,
Me pouuoit espargner cette seuerité,
Et quoy que la vengeance, auec droict me conuie,
Auec plaisir, encor, ie souffrirois sa vie,
Et malgré tant d'effets de son auersion,
Prefererois sa grace, à sa punition.

PALMIRAS.

Remettant l'interest, qui touche sa personne,
Vn Roy, ne peut donner, celuy de la couronne;
Et s'il voit que l'Estat, courre quelque danger,
Est contraint de punir, s'il ne se veut vanger;
Sa iustice, est le bien, de toute la Prouince,
Ce qu'il pourroit sujet, il ne le peut pas Prince;
Et l'indulgence, enfin, qui hazarde vn Estat,
Est le plus grand deffaut, qu'ait vn grand Potentat.

SIROES.

Le voicy; tout son crime est l'orgueil d'vne mere, On ameine Mardesane.
Et mon ressentiment, soustient mal ma colere.

SCENE TROISIESME.

SYROES, MARDESANE, SARDARYGVE, GARDES, PALMIRAS, PHARNACE.

SIROES continuë.

Enfin, vous auez mal, obserué mes aduis,
Prince! il vous seroit mieux, de les auoir suiuis;
Voyés, comme du sens, l'ambition nous priue,
Ie vous ay bien predit, ce qui vous en arriue,
Et qu'il vous importoit, de ne m'espargner pas,
Si de ses faux brillants, goustant trop les appas,
Vous vous laissiez gaigner, aux conseils d'vne mere,
Qui pour vous trop aymer, ne vous oblige guiere;
Enfin, suis-ie auec droict, d'vn Empire ialoux,
Et le sceptre de Perse, est-il vn faix bien doux?

MARDESANE.

Pour auoir pû gouster, la douceur qui s'y treuue,
Il en eust fallu faire, vne plus longue épreuue;

SIROES.

L'acceptant, vous deuez, vous consulter vn peu;
Ne vous doutiez vous pas, qu'vn Sceptre estoit de feu?
Et qu'y portant la main, il vous seroit nuisible?

MARDESANE.

En effect, cette épreuue, en vous mesme est visible,
Quand pour l'auoir touché, vous bruslez de courroux;

SIROES.

Mais, par quel droict, encor, vous en emparièz vous?

MARDESANE.

Par droict d'obeïssance, & par l'ordre d'vn pere;

SIROES.

Contre vn droit naturel, quel pere m'est contraire?

MARDESANE.

Quel! le vostre, & le mien, qui iuge de son sang ;
A selon son desir, dispose de son rang.

SIROES.

Il a fondé ce choix, dessus vostre merite ;

MARDESANE.

Ie n'ay point expliqué la loy, qu'il m'a prescrite!

SIROES.

Vous executez mal, la foy que vous donnés ;
Ie vous la tiendray mieux, que vous ne l'a tenés ;

MARDESANE.

Genereux, i'ayme mieux auouër vne offense,
Que timide, et tremblant, parler en ma deffense ;

SIROES.

Iuste, i'ay plus de lieu, de vous faire punir,
Que lasche, d'vn affront, perdre le souuenir ;

Mar-

MARDESANE.

Vous en vangeant, au moins, vous n'aurez pas la gloire,
D'auoir esté prié, d'en perdre la memoire;

SIROES.

Vous auez trop de cœur!

MARDESANE.

Assez, pour faire voir,
Vne grande vertu, dans vn grand desespoir;

SIROES.

Mais, il se produit tard.

MARDESANE.

Assez-tost, pour desplaire,
A qui bruslant d'orgueil, voit brauer sa colere.
Si vous l'auez pû croire, indigne de mon rang,
Prince, vous faite injure à ceux de vostre sang;
Heureux, ou malheureux, innocent, ou coupable,

I'ay tous les sentiments, dont vous estes capable;
Et quand i'espererois flefchir vostre courroux,
I'ay trop de vostre orgueil, pour me sousmettre à vous;
L'instant, que i'ay tenu, la puissance supresme,
Et que i'ay sur ce front senty le Diadesme,
M'a donné, comme à vous, des sentimens de Roy,
Qui ne se peuuent perdre, & mouront auec moy;
Ayant pû conseruer, i'eusse eu peine à vous rendre,
Le sceptre que sujet, i'ay hesité de prendre;
Et Roy, i'ay recognu, que la possession,
Qui refroidit l'amour, accroist l'ambition;
Vous auez eu plus d'heur, comme plus de naissance,
Et nous sommes tombez, dessouz vostre puissance;
Mais, encor estourdy, de ce grand accident,
Ie garde, toutesfois, vn cœur indépendant,
Et pour me conseruer, le bien de la lumiere,
A vostre vanité, plaindrois vne priere.

SYROES.

Hé bien Prince, la mort, domptera cet orgueil!

MARDESANE.

On ne peut mieux tomber, du trosne, qu'au cercueïl;

L'ardeur de commander, trop puissamment conuie,
Pour me la faire perdre, en me laissant la vie;
Vn cœur né pour regner, est capable de tout,
Ie n'excepterois rien, pour en venir à bout;
Pour accomplir en moy, les desseins de ma mere,
Pour vanger ma prison, & celle de mon pere;
Ie vous ay respecté, despoüillé de vos droits,
Ie consentois à peine, à vous donner des loix:
Et peut-estre, eussay-ie eu, la naissance assez bonne,
Pour venir à vos pieds, remettre ma couronne;
Mais apres le party, que l'on nous a formé,
Et le sanglant complot, que vous auez tramé,
Au sensible mespris, des droicts, de la nature,
Ie ne vous cele point, que si quelque aduanture,
Remettoit auiourd'huy, le sceptre entre mes mains;
Pour vous le rendre plus, tous respects seroient vains;
Et despoüillant pour vous, tous sentimens de frere,
Ie me ferois iustice, & vangerois mon pere;
Voila, tout le dessein, que i'ay de vous toucher,
Et tout ce qu'à ma peur, vous pouuez reprocher;
I'en laisse à decider, à vostre tyrannie;

SIROES.

I'inclinois, à laisser, vostre offence impunie;
Mais vous vous opposez, auec trop de fierté,

Aux pieux mouuements, de cette impunité,
Et mesnagés trop mal, le soing de vostre teste;
Ostez-le, Sardarigue.

MARDESANE.

Allons, la voila preste.

SIROES.

Et pour punir d'vn temps, l'orgueil desordonné,
Des yeux, si desireux, de le voir couronné,
Faites ceux de Syra, tesmoings de ce spectacle;

MARDESANE, sortant auec Sardarigue.

Allons, Regne, Tyran, regne, enfin, sans obstacle,
I'ay reçeu de mon pere, auecques son pouuoir,
Celuy, d'aller trouuer la mort, sans desespoir;

SCENE QVATRIESME.

SYROES, PALMYRAS,

PHARNACE, GARDES.

PALMIRAS.

I'admire la vertu, qu'vn sceptre vous apporte,

Vous le meritez, Sire, auec cette ame forte ;
Et c'est en ce grand cœur, qu'on ne mescognoist plus,
L'heritier d'Artaxerce, & le sang de Cyrus ;
Vous vaincrez tout, grand Prince, en vous vainquant vous-mesme ;
Mais, il reste vne espreuue, à cette force extresme,
Et c'est icy, qu'il faut monstrer tout Syroës ;
Garde, auec Sardarigue, amenez Cosroës. à vn garde

SIROES se leue, & le Garde sort.

Atten, Garde,

PALMYRAS.

Seigneur, il vous est d'importance,
De joindre !

SIROES.

Hâ ! c'est icy, que cede ma constance !
Qu'interdit, qu'effraye, ie ne sens plus mon rang,
Et qu'en mon ennemy, i'aime encore mon sang.
O Nature !

PALMIRAS.

Il s'agit d'vne grande victoire,
Et rarement, Seigneur, on arriue à la gloire,

Par les chemins communs, & les sentiers battus,

SIROES.

Hà! j'ay trop pratiqué, vos barbares vertus;
Je ne puis achepter, les douceurs d'vn Empire,
Aux despens de l'autheur, du iour que ie respire;

PHARNACE.

Ce tendre sentiment, vous vient hors de propos;
Il faut de vostre Estat, asseurer le repos;

SYROES.

Ie m'en desmets, cruels, regnez, ie l'abandonne;
Et ma teste, à ce prix, ne veut point de couronne;
Mon cœur, contre mon sang, s'oze, en vain reuolter;
Par force, ou par amour, il s'en fait respecter;
A mon pere, inhumains, donnez vn autre iuge,
Ou dans les bras d'vn fils, souffrez-luy vn refuge;
O toy, dont la vertu, merita son amour!
Ma mere? Helas! quel fruict, en as-tu mis au iour!
Que n'as-tu dans mon sein, causé mes funerailles,
Et fait mon monument, de tes propres entrailles?
Si ie dois, oster l'ame, & le titre de Roy,
A la chere moitié, qui vit encor de toy!

Regnerois-ie avec ioye; & bourreau de mon pere,
Aurois-ie, ny le Ciel, ny la terre prospere?
Pour cimenter mon Throsne, & m'affermir mon rang,
Tarirois-ie la source, où i'ay puisé mon sang?
Auroit-on de la foy, pour vn Prince perfide,
Dont la premiere loy, seroit vn parricide!
Non, non, ie ne veux point, d'vn Throsne, ensanglanté,
Du sang, du mesme sang, dont ie tiens la clarté;
I'ay creu la passion, aux grands cœurs si commune;
Et contre la nature, escouté la fortune;
I'ay fait de ma tendresse, vne fausse vertu;
A l'obiect d'vn Estat, mon lasche sang s'est teu;
Mais au poinct, qu'il luy faut sacrifier vn pere,
La nature se taist, & le sang delibere;
Il me presse, il me force, à prendre le party,
Qu'il sçait estre sa source, & dont il est sorty;
Le voicy! Dieux, ie tremble! & ma voix interdite,
En ce profond respect, sur mes levres hesite:
Mais, qu'attends-je?

SCENE TROISIESME.

COSROES, SARDARIGVE, GARDES, SIROES, PALMIRAS, PHARNACE.

COSROES.

O Nature! & vous Dieux ses autheurs?
D'vn prodige inoüy, soyez les spectateurs!
A cet horrible obiet, sa nouueauté connie,
Mon fils, dessus mon trosne, est iuge de ma vie;
Et ne le tient pas seur, si de son fondement
Ma teste n'est la baze, & mon sang le ciment,
Immole donc, Tyran, mes iours à tes maximes,
Asseure-toy l'Estat, par le plus grand des crimes;
Laisse agir la fureur, auecques liberté;
Ne donne rien au sang, rien, à la pieté;
Et vous, que mon malheur, rend si fiers, & si braues,
Ce soir mes souuerains, ce matin, mes esclaues;

SIROES à genoux.

Seigneur, daignés m'entendre? ô nature! & vous Dieux?

Vous

Vous pouués sans horreur, ietter icy les yeux ?
L'objet de vos mespris, encor vous y reuere,
Je ne suis, ny Tiran, ny Iuge de mon pere ;
I'ay tous les sentimens, que vous m'auez prescripts,
Et renonce à mes droicts, pour estre encor son fils :
Oüy, mon pere, & l'Estat, ny toutes ses maximes,
Ne peuuent m'obliger, à regner par des crimes ;
Pour immoler vos iours, à mon ressentiment,
Vous regnez sur les miens, trop souuerainement ;
Est-il vn bras d'vn fils, qu'vn souspir, vne larme,
Vn seul regard d'vn pere, aysément ne desarme ;
Si contre vous, helas ! i'escoute mon courroux,
Ie porte dans le sein, ce qui parle pour vous ;
Dedans moy, contre moy, vous treuuez du refuge,
Et criminel, ou non, vous n'auez point de Iuge,
Paisible, possedez l'Estat, que ie vous rends ;
Vous pouuez seul, Seigneur, regler mes differends ;
Arbitre entre vos fils, terminez leur dispute,
En retenant pour vous, le rang qu'ils ont en butte ;
Ne le deposez pas, aux despens de mes droicts,
Entretenez en paix, vostre sang souz vos loix.

COSROES.

L'arrest de Mardesane, & celuy de la Reyne,

O

Me peuuent-ils souffrir, vne attente si vaine?
Traistre, joins-tu la fourbe, à l'inhumanité?

SIROES.

Esprouuez ma franchise, & vostre authorité.

COSROES,

Reuocque-donc leur mort, & fay qu'on me les donne.

SIROES.

Gardes, suiuez le Roy, faites ce qu'il ordonne,
Et sans preuoir l'effect, qui m'en succedera.....

SARDARIGVE.

Seigneur?

SIROES.

Rendez le Prince, & deliurez Syra.
Allez.........

Cosroës, Sardarygue, & les Gardes sortent.

SCENE SIXIESME.

PALMIRAS, PHARNACE, SIROES.

PALMYRAS.

Vous oubliez, que Palmyras, Pharnace,
Et tout vostre Conseil, aillent tenir leur place.
Et se charger des fers, qu'ils leur ont fait porter;
Et ce sera beaucoup de vous en exempter;
Ouy, ouy, ne croyez pas, sans peril de la vostre,
Leur conseruer la vie, & hazarder la nostre;
Nous n'euiterons pas, les traits de leur courroux,
Mais craignez que ces traicts, n'aillent iusques à vous;
Comme ils deuront le iour, moins à vostre tendresse,
Qu'à vostre defiance, et qu'à vostre foiblesse;
Syra, par le passé, redoutant l'aduenir,
Polytique qu'elle est, sçaura vous preuenir;
Et donnera bon ordre, à ce que la couronne,
Ne peze plus au front, qui si-tost l'abandonne.

SIROES.

Ie n'ay pû mieux deffendre vn cœur irresolu,
Où le sang, a repris, vn Empire absolu;
Vous deuiez imposer silence, à la Nature,
Qui contre vos aduis, secrettement murmure;
Et me faict preferer le peril d'vne mort,
A l'inhumanité, d'vn si Barbare effort.
Il faut pour tant de force, vne vertu trop dure;

PHARNACE.

N'augurons point, Seigneur, de sinistre aduanture;
Le trosne tombera, deuant vostre débris,
Et tant de pieté, ne peut perdre son prix;
Mais que vous veut Narsée.

SCENE SEPTIESME.

NARSÉE, SYROES, PALMYRAS, PHARNACE.

NARSÉE.

O destin déplorable?

O Prince genereux, autant que miserable ;

SIROES.

Qu'est-ce, Madame!

NARSEE.

Helas ! Mardesane, Seigneur,
Perd le trosne, & le iour, mais en homme de cœur!
Et le coup glorieux dont il a rendu l'ame,
Part d'vne main illustre, & non pas d'vne infame ;
Sçachant que de sa mort, on dressoit l'appareil,
Et prenant du besoing, vn genereux conseil,
Adroitement saisi, du fer d'vn de ses Gardes ;
Il se l'est dans le sein enfoncé iusqu'aux gardes ;
Vn prompt torrent de sang, est sorty de son sein ;
Et l'on a plustost veu, sa mort, que son dessein ;

SIROES.

Cruels, voila l'effect, de vos nobles maximes ;

NARSEE.

Ie rendois à Syra, des deuoirs legitimes ;
Et quoy que le secret, dont mon sort fut voilé,
Vienne si clairement, de m'estre reuelé ;
I'ay iugé toutesfois, ne pouuoir sans foiblesse,

Ne point prendre de part, au mal-heur qui la presse;
L'esclat qui me jallit de sa condition,
Me procura l'honneur de vostre affection;
Ie suis sinon sa fille, au moins sa creature,
Et du moins à ses soings, ie dois ma nourriture;
Mais la voyant, en pleurs, sur le corps de son fils,
Appeller les destins, & les Dieux ennemis,
A ce triste spectacle, interdite esplorée,
Sans pouuoir dire vn mot, ie me suis retirée,
Et i'ay veu qu'on portoit le vase empoisonné,
Que pour son chastiment, vous auez ordonné.

SCENE DERNIERE.

SARDARYGVE, SIROES,
PALMIRAS, PHARNACE,
SIROES, GARDES.

SARDARIGVE.

Hà Sire! malgré vous, le destin de la Perse,

*Vous protege, & destruit, tout ce qui vous tra-
uerse.;*

SIROES.

Qu'est-ce, encor?

SARDARIGVE.

*Cosroës, rentre dans la prison,
Ayant veu que la Reyne, y prenoit le poison;
Prompt, & trompant les soings, & les yeux de
la trouppe,
Auant qu'elle eut tout pris, s'est saisi de la couppe;
Et beuuant ce qui reste, il faut (nous a t'il dit,
Voyant d'vn œil troublé, Syra rendre l'esprit,)
Et nager dans son sang, Mardesane sans vie,
Il faut du sort de Perse, assouuir la furie,
Accorder à mon Pere, vn tribut qu'il at-
tend,
Laisser à Syroës, le trosne qu'il pretend,
Et de tant de Tyrans, terminer la dispute;
Là, tombant, quelque Garde, a soustenu sa
cheutte.
Et nous.........*

SYROES furieux.

Et bien cruels, estes vous satis-faits,
Mon regne produit il, d'assez tristes effects?
La Couronne, inhumaine, à ce prix m'est trop chere?
Allons, Madame, allons, suiure ou sauuer vn pere.

PALMIRAS le suiuant.

Ne l'abandonnons point.

SARDARIGVE.

Ses soings sont superflus,
Le poison est trop prompt, le Tyran ne vit plus.

FIN.

www.ingramcontent.com/pod-product-compliance
Ingram Content Group UK Ltd.
Pitfield, Milton Keynes, MK11 3LW, UK
UKHW022115190726
13855UKWH00003B/879

9 782013 08041